너를 지키려는
고양이

KIMI O MAMORO TO SURU NEKO NO HANASHI
ⓒ 2025 by Sosuke NATSUKAWA

All rights reserved.
Original Japanese edition published by SHOGAKUKAN.
Korean translation rights in Korea arranged with SHOGAKUKAN
through Shinwon Agency Co., Ltd

이 책의 한국어판 저작권은 (주)신원에이전시를 통해
저작권사와 독점 계약한 (주)북이십일에 있습니다.
저작권법에 의하여 한국 내에서 보호를 받는 저작물이므로
무단 전재와 복제를 금합니다.

너를 지키려는 고양이

君を守ろうとする猫の話

이선희 옮김
나쓰카와 소스케 장편소설

arte

차례

프롤로그	사건의 시작	7
1장	함께 걸어가는 자	23
2장	만들어진 자	71
3장	증식하는 자	135
4장	질문하는 자	205
에필로그	사건의 끝	241
	옮긴이의 말	255

일러두기

옮긴이 주는 괄호 안에 '옮긴이'를 함께 넣어 표기하였습니다.

프롤로그

사건의 시작

최근 들어 책이 없어지고 있다.
아무래도 그건 사실인 듯하다.
나나미는 눈앞에 있는 책장에 시선을 고정한 채, 가볍게 팔짱을 끼고 생각에 잠겼다. 요즘 들어 도서관에서 책이 없어지고 있는 것이다.
'아무래도'라는 둥 '듯하다'라는 둥 딱 부러지게 말할 수 없는 이유는 증거가 확실하지 않아서다. 어쨌든 이 오래된 도서관은 어마어마한 장서를 보유하고 있다. 더구나 도서관의 일이란 진열된 책의 먼지를 터는 게 아니라 일반 시민들에게 책을 대출해주는 것이므로, 책은 책장에 꽂혀 있기도 하고 꽂혀 있지 않기도 한다.
나나미가 도서관장이라면 대출 이력을 확인하면 되고, 유능한 명탐정이라면 타고난 추리력으로 사실을 밝혀낼 수 있으리라.

하지만 안타깝게도 나나미는 하굣길에 도서관을 들르는 평범한 중학교 2학년생에 불과하다. 단지 어렸을 때부터 책을 좋아하는 아버지를 따라 도서관에 자주 왔고, 지금은 하굣길에 일과처럼 들르기에, 책장에 꽂혀 있는 책의 변화에 매우 민감하다. 이 점만은 도서관장보다 정확하고 명탐정보다 유능하지 않을까?

맨 처음 눈에 띈 것은 책이 꽂혀 있어야 할 책장 여기저기에 구멍처럼 뚫려 있는 빈틈이었다. 다음에는 그 빈틈이 언제까지나 그대로 있다는 걸 알아차렸다.

'아동문학' 선반에서 스티븐슨의 『보물섬』이 사라졌다. 하얀 책등이 아름다운 『빨강 머리 앤』과 네모 선장이 활약하는 『해저 2만 리』 또한 아무리 기다려도 돌아오지 않았다.

그림책 코너에서는 나나미가 좋아하는 『집에 있는 부엉이』(미국 작가 아놀드 로벨의 그림책-옮긴이)와 『프레드릭』(네덜란드 작가 레오 리오니의 그림책-옮긴이)이 없어졌다. 문학 서적 코너에서는 『수레바퀴 아래서』와 『노인과 바다』도 보이지 않았다. 모든 책장의 여기저기에서 빈틈이 눈에 띈 것이다.

'책을 빌려 가는 사람이 갑자기 많아진 걸까……?'

가슴속에서 솟구친 의문을 나나미는 조심스럽게 밀어냈다.

이 도서관은 건물 자체는 크고 서적도 많이 보유하고 있지만 시설은 오래되었다. 건물이 낡은 데다 공조 시스템이 툭하면 고장 나는 바람에, 구석진 곳은 곰팡내가 나고 전구가 나가서 어두컴컴한 곳도 있었다. 이제 와서 이용자가 늘어날 이유도 없고, 실제로 넓은 관내는 여느 때처럼 매우 한산했다.

이상한 점은 어른들 중에서는 이런 변화를 알아차린 사람이 없다는 것이다. 도서관 직원들은 바쁜 얼굴로 주어진 업무를 해낼 뿐, 관내의 변화에 주의를 기울이지 않았다.

"어떻게 된 걸까……?"

작은 주먹을 턱에 괴고 나나미는 일부러 소리 내어 말해보았다. 물론 소리 내어 말한다고 해서 누군가 대답해주는 것은 아니다.

천천히 고개를 돌리자 커다란 철제 책장에는 책이 빼곡히 꽂혀 있고, 딱히 달라진 점은 보이지 않았다. 하지만 통로를 조금 걸어다니다 보면 이가 빠진 것처럼 책장 군데군데 빈틈이 눈에 띈다. 도서관을 구석구석까지 꿰고 있는 나나미라서 알아차렸는지도 모르지만, 어쨌든 달라진 것만은 확실하다.

책은 분명히 없어지고 있다.

"책을 확인하는 편이 좋겠다고?"

도서관 1층 접수처에서 사서인 하무라 노인의 목소리가 울려 퍼졌다.

목소리가 그렇게 크지는 않았지만 1층 정면에 있는 접수처 천장이 2층까지 뚫려 있어서, 하무라 노인의 쉰 목소리가 크게 울렸다.

하지만 목소리가 아무리 커도 원래 이용자가 많지 않아 특별히 신경 쓰는 사람은 없었다. 마침 뒤쪽을 지나가던 노부인이 힐끔 쳐다본 정도였다.

나나미는 최대한 아무렇지 않은 말투로 대답했다.

"있어야 할 책이 없어요. 아마 한두 권이 아닐 거예요."

카운터 너머에 앉아 있던 하무라 노인은 돋보기 안쪽의 눈을 가늘게 뜨더니, 교복 차림의 소녀를 잠시 쳐다보았다.

"그래? 그건 아주 심각한 일이구나."

그러고는 들고 있는 파일로 시선을 돌리고, 바쁘게 뭔가를 쓰면서 말을 이었다.

"하지만 나나미 양, 책장에 책이 없다고 해서 소란을 피운다면, 앞으로 책을 빌려 갈 수 없지 않을까?"

처음에는 무슨 말인지 몰라서 나나미는 고개를 갸웃거렸지만, 이내 하무라 노인의 유머임을 알아차렸다. 그것도 비아냥거림이 잔뜩 담긴 유머였다.

"나나미 양, 잘 들어."

파일을 덮고 얼굴을 든 노사서는 나나미를 똑바로 쳐다보더니, 삐죽삐죽 자라난 하얀 턱수염을 매만지면서 말했다.

"여기는 도서관이야. 이곳에 온 사람은 책을 빌리고 싶으면 간단한 절차를 밟아서 곧바로 가져갈 수 있지. 즉, 책은 책장에 있기도 하고 없기도 해. 어린이집에 다니던 네가 아빠랑 같이 와서 『아주

아주 배고픈 애벌레』(미국 작가 에릭 칼의 그림책-옮긴이)를 빌려 갔을 때부터 이 규칙은 변하지 않았어. 혹시 잊어버렸다면 저기 벽에 붙어 있는 이용 규칙이란 걸 다시 읽어보겠니?"

'오늘은 꽝이군.'

나나미는 머릿속으로 냉정하게 생각하면서 한숨을 쉬었다.

하무라 노인은 단순한 사서가 아니다. 도서관에 수십 년이나 근무한 뒤, 퇴직하고 나서도 접수처 일을 맡고 있는, 이른바 이 오래된 도서관의 살아 있는 사전이다. 성격이 까다롭고 변덕스러우며 뒤틀린 점을 제외하면 나쁜 사람은 아니다. 더구나 그는 지금까지 나나미에게 이런저런 책을 소개해주었다. 하지만 심기가 불편한 날은 비아냥거림과 함께 때로는 심한 독설까지 쏟아내곤 한다.

오늘은 분명히 꽝인 날이다.

노사서는 뼈마디가 앙상한 손으로 파일의 표지를 탁탁 두들기면서 말했다.

"애당초 말이야, 이 도서관은 나처럼 늙었어. 늙으면 지치고 피곤한 게 당연하고 건망증도 심해지는 법이라고. 책이 좀 없어져도 신경 쓰지 않고 위로해주는 게 젊은 사람의 역할이 아닐까?"

'이거 길어지겠군.'

나나미의 머릿속은 이미 접수처를 떠나서 2층의 '영국 문학' 책장 앞을 거닐고 있었다. 지금 읽고 있는 『폭풍의 언덕』은 오늘이나 내일이면 다 읽을 것 같으니 다음에 읽을 책을 정해야 한다. 단,

다음에 어떤 책을 추천해줄지 묻는 일은 그만두는 편이 좋을 것 같다.

"우리 도서관을 신경 써주는 건 고마운 일이지만, 이쪽도 일이 산더미처럼……."

노사서가 입을 다문 이유는 나나미의 주머니에서 스마트폰이 작게 울렸기 때문이다. 전화가 온 건 아니다. 나나미가 설정해놓은 알람 소리다.

나나미는 재빨리 가방 속에서 흡입제를 꺼내 입에 대고 숨을 들이쉬었다. 하루에 몇 번씩 기관지 천식약을 흡입해야 한다. 아침저녁은 괜찮지만 오후의 추가 흡입제는 가끔 잊어버려서 심한 발작을 일으킬 수 있으니 알람을 설정해두라고, 아버지에게 귀가 따갑도록 들었다.

하무라 노인은 나나미가 약을 다 흡입할 때까지 기다린 뒤, 약간 부드러운 말투로 덧붙였다.

"책장은 나중에 확인하지. 나나미 양은 지금 책보다 자기 몸을 걱정하는 게 좋을 것 같구나."

"쓸데없는 참견하지 마세요"라고, 물론 나나미는 말하지 않았다. 말없이 고개를 숙이고 접수처에서 등을 돌리며 불쑥 떠오른 말을 마음속으로 내뱉었을 뿐이다.

……하여간 쓸모가 없다니까.

도서관의 살아 있는 사전에게 하는 말치고는 상당히 무례한 말이란 건 나나미도 잘 알고 있다.

　고사키 나나미는 13세의 중학교 2학년생이다.
　키가 작고 야윈 데다 피부가 하얀 것은 어릴 때부터 천식을 앓아 밖을 나돌아다니는 일이 거의 없었기 때문이다. 천식은 사소한 운동이나 긴장감을 계기로 갑자기 미친 듯이 날뛰는 말이 쇠 발굽으로 기관지를 마구 짓밟으며 뛰어다니는 것 같은 상태가 된다. 초등학생 때는 구급차에 실려 간 적이 한두 번이 아니었다. 그런 탓에 친구들과 같이 밖을 돌아다니거나 손을 잡고 여기저기 놀러 다닐 수 없었고, 학교가 끝나면 혼자 도서관에 가는 게 유일한 즐거움이었다.
　하지만 나나미 자신은 다른 사람들에게 동정받던 나날 동안 불편하다고 여긴 적은 없었다.
　물론 천식 발작이 없는 것이 가장 좋지만, 좋아하는 책을 마음껏 읽을 수 있는 환경이 그렇게 나쁘지는 않았다. 따라서 도서관의 책이 없어지는 일은 나나미에게 상당히 중대한 문제였다.
　"이용 규칙을 보라더라고."
　나나미는 도서관 2층에 있는 독서 코너의 책상에 엎드렸다. 손때 묻은 커다란 책상이 몇 개 늘어선 가운데, 햇살이 잘 드는 창가 자리가 나나미의 지정석이다. 항상 하굣길에 들러서 책을 읽는 곳이다.
　책상 위에는 읽다 만 책이 펼쳐져 있었지만, 오늘은 온몸에 힘이 빠져서 글자를 좇을 생각이 들지 않았다.

"걱정돼서 일부러 말해줬는데, 그 비뚤어진 영감님은……."

"또 한 소리 들었구나? 수고했어."

그렇게 말한 사람은 맞은편에 앉아 있는 소꿉친구 이마무라 이쓰카였다. 이쓰카는 키도 크고 자세도 좋아서, 체구가 작은 나나미보다 한 학년 위인 것처럼 보인다. 머리도 짧고 깔끔하게 잘라서, 기다란 검은 머리를 뒤로 묶은 나나미와는 대조적이다.

1층으로 이어지는 넓은 공간을 보면서 이쓰카는 동정을 담은 쓴웃음을 지었다.

"햄 영감님은 항상 찡그리고 있어서, 기분이 좋을 때와 나쁠 때를 구별할 수 없다니까."

"오늘은 한층 더 심했어. 많이 바쁜가 봐. 타이밍이 안 좋았어."

참고로 '햄 영감님'이란 이쓰카가 붙인 하무라 노인의 별명이다. '하무'를 줄여서 '햄'이라고 부르는 것이다. 쪼글쪼글한 주름투성이 얼굴에 무섭게 생긴 노인에게는 어울리지 않는 사랑스러운 별명이지만, 독특해서 나나미도 마음에 들었다.

"근데 진짜로 책이 없어지고 있어? 내가 보기엔 넘칠 만큼 많은 것 같은데?"

책장을 쭉 둘러보면서 이쓰카가 말했다.

독서 코너의 바깥쪽에는 좁은 복도를 사이에 두고 투박한 철제 책장이 쭉 놓여 있다. 각각의 책장 측면에는 일본 문학, 경제, 철학,

민속 자료 등 다양한 팻말이 붙어 있어서, 폭이 깊은 선반에 상당히 많은 책이 들어 있음을 알 수 있다. 나나미가 있는 곳에서는 보이지 않지만, 더 안쪽에는 세계 각국의 문학 서적이 국가별로 정연하게 꽂혀 있다.

햇살이 잘 드는 독서 코너에서 보면 살짝 어두컴컴한 공간에 줄지어 늘어선 장대한 책장들은 장관이라고 할 수 있을 만큼 웅장해 보인다.

"이렇게 산더미처럼 쌓여 있는 책 중에서 몇 권 없어진 걸 어떻게 알아?"

"신간이나 화제작이 없어진 게 아니니까 다른 사람들은 알아차리지 못할 수도 있어. 하지만 옛날부터 있었던 오래된 책이 없어지고 있는 건 사실이야.『첼로 켜는 고슈』(일본 작가 미야자와 겐지의 소설-옮긴이)와『운명의 기사 *Knight's Fee*』(영국 작가 로즈메리 서트클리프의 역사 소설. 한국에 번역 출간되지 않아 일본 제목을 따랐다.-옮긴이)도 돌아오지 않고 있거든."

"알아차린 건 이 도서관의 하숙생 같은 나나미 정도라는 거군."

"뭐? 내가 하숙생이라고?"

"햄 영감님도 알아차리지 못한 걸 알고 있으니까 하숙생이라기보다 집주인이라고나 할까?"

이처럼 편하게 말할 수 있는 사람은 어릴 때부터 친하게 지낸 소꿉친구뿐이리라.

이쓰카는 나나미의 집 근처에 살아서 초등학교 때는 매일 같이 등교했다. 중학교 때는 궁도부에 들어가는 바람에 등하교를 같이 하는 일이 없지만, 동아리 활동이 없는 날에는 검은 천으로 감싼 활을 한 손에 들고 도서관에 나타나곤 한다. 집에서도 빈 활을 가지고 열심히 연습하는 이쓰카를 후배들뿐만 아니라 선배들도 많이 의지하고 있다.

그런 이쓰카가 소박한 의문을 제기했다.

"그런데 왜 책이 없어지는 거지? 누군가 가져갔다고 해도 전부 중고책이잖아? 중고거래 사이트에 올려봐야 큰돈이 되지 않을 텐데."

"이유는 나도 몰라. 하지만……."

나나미는 한순간 입을 다물고 주변을 둘러보더니 목소리를 낮추고 덧붙였다.

"수상한 녀석을 본 적이 있어."

이쓰카의 얼굴이 약간 진지해졌다. 나나미를 따라서 주변을 둘러보았지만 책상 앞에 앉아 있는 사람은 얼마 되지 않았다. 조금 떨어진 창가 자리에서 멍하니 밖을 바라보고 있는 노부인 말고는 그림책 코너 앞에 유모차를 세워둔 아이 엄마 정도였다. 물론 '수상한 녀석'은 보이지 않았다.

"단순한 착각이 아니란 거야?"

"아직 단정할 순 없어. 하지만 수상한 사람을 몇 번 본 건 사실이야. 아직 햄 영감님한테는 말하지 않았지만."

"그런 건 섣불리 말할 수 없지. 타이밍이 안 좋으면 버럭 화를 낼 테니까."

"나쁜 사람은 아니지만 말이야. 좋은 책을 추천해주기도 하고."

"그것도 그중 하나야?"

나나미는 자신의 손에 들린 책을 바라보는 이쓰카를 향해 고개를 끄덕였다.

"에밀리 브론테의 『폭풍의 언덕』이야. 이것도 햄 영감님이 권해준 책이지."

"그렇게 글자가 작고 두꺼운 책이 재밌어?"

"재밌어. 연애소설이라고 했는데, 그것만이 아니야. 어린 시절 큰 부자에게 엄청난 괴롭힘을 당한 주인공이 나중에 부자가 돼서 복수하러 돌아오는 얘기야. 햄 영감님도 문학사에 남을 만한 최고의 복수극 중 하나라고 하더라고."

"문학의 세계에도 깊은 어둠이 있구나."

이쓰카는 어이없는 표정을 지었다.

말없이 밖을 내다보던 노부인이 지팡이를 들고 엘리베이터 쪽으로 걸음을 내딛었다. 그것을 보고 이쓰카도 자리에서 일어섰다.

"나도 그만 갈게."

"숙제 안 하고?"

"오늘은 부모님 모두 늦게 오시거든. 동생 몫까지 저녁 부탁한다고 메시지가 왔어."

"여전히 부모님 모두 바쁘시구나. 힘들겠다."

"그렇지, 뭐. 하지만 네가 더 힘들잖아. 넌 엄마가 없으니까."

이쓰카는 벽에 세워둔 활을 집어 들면서 태연하게 말했다.

이쓰카의 말처럼 나나미는 어렸을 때 어머니가 돌아가셔서 아버지와 둘이 산다. 이런 말을 거리낌 없이 할 수 있는 것도 소꿉친구의 장점이다.

"엄마가 없는 집은 상상도 할 수 없어. 무지무지 힘들 것 같아."

"그렇지도 않아. 우리 아빠는 바쁠 때면 밖에서 식사하고 오시니까 나 혼자 차려 먹으면 되고, 그것도 귀찮으면 도시락 가게에서 사 가면 되거든."

"하여간 여전히 쿨하다니까, 너는."

나나미가 초등학교에 다닐 때는 아버지가 저녁밥을 하려고 일찍 귀가했지만, 중학교에 들어갈 무렵부터는 한층 일이 바빠졌는지 귀가가 늦어지는 날도 적지 않았다.

"외동이 오히려 편할지도 몰라. 우리 집은 엄마가 2, 3일 늦게 오면 집 안이 난장판이라니까. 동생은 먹기만 하고 당최 치우지를 않거든."

나나미는 이쓰카가 투덜거리는 소리를 들으면서 웃었지만, 마음 한쪽에서는 아련한 동경이 꿈틀거렸다. 동생이 있으면 분명히 식사 준비는 힘들겠지만, 식탁엔 동생과 같이 앉으리라. 나나미는 아버지가 늦게 오는 날은 항상 혼자 저녁을 먹어야 한다.

"그럼 내일 봐" 하면서 걸음을 내딛던 이쓰카가 돌연 발길을 멈추고 돌아보았다.

"나나미, 이상한 일에 너무 깊이 관여하지 마. 넌 건강하지 않으니까 몸조심해야 해."

이쓰카는 아무렇지도 않은 얼굴로 말한 뒤, 활을 쥔 오른손을 가볍게 들고 등을 돌렸다.

이런 말을 태연하게 하는 친구가 있어서 나나미는 기쁘게 생각한다. 초등학생 때는 천식으로 인해 입원과 퇴원을 반복했다. 더구나 어머니가 없다는 게 알려진 후에는 학교나 병원에서 과장된 동정과 위로의 말을 지겨울 만큼 들어야 했다. "안녕"이나 "잘 가"라는 말과 똑같은 말투로 자연스럽게 대해주는 이쓰카 같은 친구는 귀중한 존재다.

'다음에 우리 집에서 같이 저녁 먹자고 할까?'

중학생만의 저녁 파티를 아버지가 허락해줄지는 모르지만, 꽤 좋은 생각이 아닐까?

그런 생각을 하면서 나나미는 『폭풍의 언덕』에 시선을 떨궜다. 히스클리프의 복수극이 절정에 접어들고 있었다.

1장

함께 걸어가는 자

책상 주변은 어느새 옅은 꼭두서니 빛으로 물들었다.

나나미가 고개를 들었을 때는 해가 완전히 기울고, 단독주택의 지붕 위로 저녁놀이 펼쳐져 있었다. 창가의 공기도 온도가 내려간 듯했다.

겨우 며칠 전에 길가의 나무들이 단풍으로 옷을 갈아입었다고 생각했는데, 계절은 어느새 겨울의 입구에 접어들었다. 화창한 날은 낮에는 지낼 만해도 해가 저물면 순식간에 냉기가 엄습한다. 나나미는 추위를 싫어하지는 않지만 건조함은 천식에 천적이라서 겨울 자체는 좋아하지 않는다. 하지만 덥든 춥든 한정된 행동 범위에는 별다른 변함이 없다. 교복이 동복으로 바뀐 다음에는 시간이 흐름에 따라 코트나 머플러가 늘어나는 정도다.

어쨌든 파란만장한 『폭풍의 언덕』이 클라이맥스를 맞이한 가운데, 어느새 시간이 훌쩍 지난 모양이다.

창밖에서 아이들의 환호성이 희미하게 들리는 것은 도서관 바로 옆에 초등학교 운동장이 있어서다. 해가 저물 무렵에 기다란 그림자를 끌면서 열심히 축구공을 쫓아가는 소년들의 모습이 가로수 너머로 보였다.

"벌써 시간이 이렇게……."

시선을 옮기자 햇살이 스며드는 깊숙한 실내 안쪽에는 사람의 그림자가 보이지 않았다. 창가에 있던 노부인도, 그림책 코너에 있던 아이 엄마도 이미 집으로 돌아간 모양이다. 하지만 이 오래된 도서관에서 텅 빈 실내는 보기 드문 일이 아니다.

벽시계가 폐관 시각인 6시 조금 전을 가리키고 있는 걸 확인하고, 나나미는 『폭풍의 언덕』의 책장을 덮었다. 책을 가방에 넣고 돌아갈 채비를 하는데, 조금 떨어진 책장 앞에 한 남자가 서 있는 것이 보였다.

회색 양복을 입은 탄탄한 체격의 남자였다. 이쪽을 등지고 있어서 얼굴은 보이지 않았지만 나나미는 거의 반사적으로, 마음속으로 소리를 질렀다.

'저 녀석이다!'

지금까지 종종 도서관에서 봤던 남자다. 주름 하나 없는 회색 양복과 똑같은 색의 고풍스러운 사냥모 덕분에 평범한 직장인이라기보다 조금 지위가 있는 사람 같았다. 그것 말고 특별한 점은 없었지만, 저 남자가 도서관에 나타난 다음에는 항상 책이 없어진다는 것을 나나미는 알고 있었다. 이쓰카한테 말한 '수상한 녀석'인 것이다.

'책도둑이라고 정해진 건 아니지만……'

일부러 그렇게 생각한 것은 쿵쾅거리는 심장 소리와 긴장감을 억누르기 위해서였다. 남자가 책장 안쪽으로 사라진 순간, 나나미는 독서 코너에서 조용히 나와 남자가 있던 곳까지 다가갔다.

청소년용 추리소설을 모아놓은 그 주변에는 에도가와 란포(일본 추리소설계의 거장. 에도가와 란포라는 필명은 에드거 앨런 포에서 따왔다.-옮긴이)와 아서 코난 도일의 작품이 꽂혀 있었다. 눈에 익은 책장을 둘러본 나나미는 곧바로 얼굴을 찡그렸다. 쭉 늘어선 『셜록 홈스』 전집 옆으로 시선을 돌린 순간, 텅 빈 공간이 눈에 들어왔다. 『셜록 홈스』 전집과 나란히 꽂혀 있던 『괴도 뤼팽』 전집의 앞부분 열 권이 모조리 모습을 감춘 것이다.

전 30권 시리즈 중의 3분의 1이 사라졌다. 책이 없어졌다고 해도 이만큼 한꺼번에 사라진 적은 없었다.

'숫자도 숫자이지만 뤼팽을 가져가다니, 보통 배짱이 아니야.'

『괴도 뤼팽』 전집은 나나미가 아주 좋아하는 책이다. 변장과 무술의 달인인 데다 도둑이면서도 가난한 사람이나 힘든 사람을 도와주는 괴도 신사는 초등학생 나나미에게 완벽한 히어로였다. 밥도 제대로 먹지 않고 하루 종일 읽기도 하고, 어두운 침대 속에서 읽다가 들켜서 아버지에게 혼난 적도 있다.『기암성』과『813의 수수께끼』는 외울 만큼 읽고 또 읽었다.

나나미는 남자가 걸어간 쪽으로 시선을 돌렸다. 마침 기다란 책장 끝에서 오른쪽으로 꺾어 들어가는 남자의 모습이 보였다. 불룩한 커다란 검은 가방도, 한순간이지만 분명히 보였다.

나나미는 곧장 재빨리 걷기 시작했다. 종종걸음으로 책장 끝까지 가서 통로로 얼굴을 내밀자 이번에는 남자가 몇 줄 앞쪽의 '프랑스 문학' 팻말이 붙은 책장 사이로 들어가는 것이 보였다. 조용히 뒤를 쫓아가면서도, 나나미는 가슴 안쪽으로 미묘한 이질감을 느끼고 얼굴을 찡그렸다.

'급한 동작이나 큰 긴장감은 천식 발작의 방아쇠가 된단다.'

평소에 다니는 병원 의사의 온화한 목소리가 귓속에서 메아리쳤다. 그에 겹치듯이 목 안쪽에서 피리 소리 같은 것이 희미하게 들렸지만, 그래도 나나미는 걸음을 멈추지 않았다. '프랑스 문학' 팻말 밑에 도착한 순간, 피리 소리는 바람을 가르는 날카로운 소리가 되어 폐 전체로 퍼져 나갔다.

"틀렸나……."

밖으로 나온 목소리가 이미 쉬어 있었다. 위험하다는 신호였다.

나나미는 오른손을 주머니에 넣어 발작용 흡입제를 꺼냈다. 재빨리 약을 흡입한 뒤 책장 측면에 등을 기대고 거친 호흡을 가다듬었다. 공황 상태에 빠져서는 안 된다. 천천히 10초를 세는 사이에 더 악화되지 않는다는 걸 확인할 수 있었다.

"탐정 놀이는 무리인가……."

그렇게 중얼거리자 온몸의 힘이 빠지면서 나나미는 책장에 기댄 채 그 자리에 주저앉았다. 나나미는 허클베리 핀처럼 숲속을 뛰어다니거나 고디(영화 〈스탠 바이 미 Stand by Me〉의 주인공-옮긴이)처럼 친구들과 선로 위를 걸어다니지 못해 괴롭다고 여긴 적은 없었다. 하지만 중요한 순간에 몸을 움직일 수 없는 것이 분하지 않다고 하면 거짓말이리라.

"뤼팽처럼 멋지게…… 그런 건 꿈이겠지."

그렇게 중얼거린 것은 절반은 불평이고, 절반은 마음을 전환하기 위해서였다.

이런 일이 있을 때마다 풀이 꺾이는 것이 얼마나 무의미한 일인지 나나미는 알고 있었다. 기관지 상태는 나쁘지만 머릿속은 명쾌했다.

중요한 것은 누군가 말도 없이 책을 가져가고 있다는 사실이었다. 『괴도 뤼팽』 전집이 열 권이나 사라졌으니까 이번에는 그 까다로운 노사서도 코웃음으로 날려버리지는 못하리라. 문제는 그 남자의 정체가 무엇인가 하는 것이다. 요즘 세상에 오래된 도서관에서 옛날 책을 훔쳐 가서 무슨 이득이 있는지도 짐작되지 않았다.

이런저런 생각을 하면서 남자가 사라진 통로 안쪽을 쳐다본 나나미는 저도 모르게 손으로 입을 가리고 소리를 질렀다.

 책장과 책장 사이의 좁은 통로는 어디나 구조가 비슷하다. 높은 철제 선반이 양쪽을 가득 메우고 있고, 천장에는 흐릿한 형광등이 나란히 있을 뿐인 살풍경한 구조다. '프랑스 문학' 코너라고 해서 베르사유 궁전처럼 화려하게 장식되어 있는 것은 아니다.

 하지만 나나미의 눈에 들어온 것은 늘 보던 어두컴컴한 통로가 아니었다. 물론 화려한 바로크 양식도 아니었다. 통로 안쪽이 부드러운 푸른빛에 감싸여 있었다. 앞쪽은 예스러운 보들레르나 플로베르 전집이 놓여 있는 평소의 광경이지만, 그 책장의 중간부터 푸르게 빛나고 있었다. 뿐만 아니라 막다른 곳의 벽이 사라지고, 책장 사이의 통로가 빛의 안쪽으로 끝없이 이어져 있었다.

 "뭐지……?"

 나나미는 멍한 얼굴로 중얼거렸다.

 나나미에게 도서관은 집의 마당 같은 곳이다. 어린이집에 다닐 때부터 아버지와 함께 구석구석 돌아다녔고, 때로는 사무실이나 창고 안까지 들어갔다가 햄 영감님한테 혼난 적도 있다. 하지만 지금까지 이렇게 빛이 나는 통로는 한 번도 본 적이 없다.

 나나미가 빨려 들어갈 듯이 일어선 순간, 돌연 뒤쪽에서 나지막한 소리가 들렸다.

 "그만둬. 가까이 가지 않는 게 좋아."

 나나미는 깜짝 놀라 돌아보았지만 눈길이 닿는 곳에 사람의 그림자는 보이지 않았다. 단지 맞은편 '이탈리아 문학' 팻말 밑에 웅크리고 있는 작고 둥근 그림자가 있을 따름이었다.

이등변삼각형의 두 귀 밑으로 아름다운 비취색 눈이 빛나고, 반짝거리는 은색 수염이 양쪽으로 쭉 뻗어 있었다.

"고양이……?"

틀림없이 고양이였다.

나나미의 중얼거림에 응답하듯 고양이가 허리를 들고 천천히 나나미 쪽으로 걸어왔다. 갈색과 노란색, 하얀색이 섞인 묵직한 체격의 얼룩고양이였다.

고양이는 나나미의 눈앞까지 다가오더니, 아름다운 눈을 빛내며 나지막한 목소리로 말했다.

"괜찮아?"

나나미는 어안이 벙벙해서 대답할 수 없었다.

"조금 전에 꽤 힘든 것 같던데 괜찮냐고."

고양이가 분명 말을 하고 있었다. 말 자체는 나나미를 걱정하는 내용이지만 말투는 상당히 위압적이었다.

나나미는 두세 번 눈을 깜빡이고 나서 겨우 고개를 끄덕였다.

"아마…… 괜찮은 것 같아."

"그거 다행이군."

고양이는 느긋하게 대꾸하고 나서 푸른빛을 뿌리는 통로를 쳐다보았다.

"무리할 필요 없어. 네가 쫓아간다고 해서 잡을 수 있는 상대가 아니야."

배 속에서 울려 퍼지는 듯 당당한 목소리였다.

도서관과 고양이라는 조합은 나쁘지 않다고 나나미도 생각했다. 하지만 고양이가 인간의 말을 한다면 이야기가 다르다.

나나미는 가슴에 손을 대고 크게 심호흡을 한 번 했다. 다행히 가슴 안쪽의 잠음이 희미해지고 있었다.

'천식 발작은 괜찮아.'

천식이 심해지면 뇌에 산소가 부족해져서 환각이 나타나는 경우도 있다고 책에서 읽은 적이 있지만, 아무래도 환각은 아닌 모양이었다.

나나미는 눈앞의 고양이에게 시선을 돌렸다.

"너…… 고양이지?"

"어리석은 질문이군. 내가 개로 보여?"

고양이가 사람을 향해 개로 보이느냐고 묻는다. 한마디로 카오스 상태다.

물론 고양이의 대답에 납득할 수 있는 요소는 티끌만큼도 없다.

"내가 아는 한 고양이는 사람의 말을 할 수 없어."

"그것도 어리석은 말이야. 우리는 인간처럼 의미 없는 말을 주절대지 않는 것뿐이야. 말해야 할 때는 말하고 침묵해야 할 때는 침묵하지. 그게 바로 고양이야."

들어본 적이 없는 고양이의 정의다.

나나미는 머리가 아프지도 않은데 손으로 머리를 짚었다. 고양이는 태연한 모습으로 말을 이었다.

"어쨌든 너한테 말해줄 수 있는 건 하나뿐이야. 저 통로 가까이 가지 마."

"가까이 가지 말라니…… 저게 뭔데?"

"아무것도 아니야."

"아무것도 아닌 게 아니잖아?"

나나미의 반론에 힘이 담겼다.

나나미는 머릿속으로 생각했다. 변명을 하려면 다른 표현도 있지 않은가. 어떻게 저걸 보고 아무것도 아니라고 말할 수 있지?

"아무리 봐도 보통 상황은 아니야."

"그러면 표현을 바꿀게. 이건 네가 관여할 문제가 아니야."

경박한 호기심을 뿌리째 끊어버리려는 단호한 대답이었다.

"이 문제는 네가 생각하는 것보다 훨씬 복잡해. 함부로 끼어들면 위험해. 그러니까 이제……."

나나미가 고양이의 위엄 있는 목소리를 재빨리 가로막았다.

"넌 아까 그 남자에 관해 뭔가 알고 있구나."

고양이는 그런 반응을 예상치 못한 모양이었다. 당당하고 초연하게 행동하던 고양이가 처음으로 살짝 곤혹스러운 표정을 지었다.

"아까 그 녀석이 책을 가져갔어?"

"그래. 하지만……."

"저 통로 안에 그 녀석이 가져간 책이 있구나."

고양이의 말투가 더욱 험악해졌다.

"소녀여, 조금 전에도 말했지만 이건 네가 어떻게 할 수 있는 문제가 아니야. 지금 네가 할 일은 단순하고 명쾌해. 입을 다물고 귀를 막고 눈을 돌리고 여기서 사라지는 거지. 그러면 또 아무 일 없었던 것처럼, 아아아……."

고양이가 느닷없이 맥 빠진 소리를 낸 건 나나미가 오른손으로 고양이의 목덜미를 잡아채서였다. 나나미는 고양이의 목덜미를 잡고 자기 얼굴 앞으로 들어 올렸다.

"무, 무슨 짓이야!"

"저 안쪽에 책이 있는 거지?"

"이거 놓지 못해! 난 너를 위해 말해준 것뿐이야!"

고양이는 노려보듯 눈을 빛냈지만, 나나미의 손에 잡힌 채 축 늘어져 조금 전과 같은 위압감은 어디에서도 찾아볼 수 없었다. 다만 두툼한 꼬리가 힘없이 흔들릴 따름이었다.

"어떻게 하면 책을 되찾을 수 있는지 가르쳐줘."

"위험하다고 한 말, 못 들었어?"

"위험하다는 건 곧 되찾을 방법이 있다는 거잖아? 가르쳐줘."

고양이는 조바심과 황당함과 어이없음, 기타 여러 감정이 뒤섞인 얼굴로 나나미를 바라보았다.

"내가 거절하면 어떻게 할 거야?"

나나미는 약간 고개를 갸웃거리고 나서 대답했다.

"내 손이 마비돼서 움직이지 않을 때까지 이대로 계속 들고 있을 거야."

"무슨 말도 안 되는 짓을……."

"약해 보여도 의외로 팔 힘은 있거든. 무거운 책을 잔뜩 들고 다녔으니까."

어디까지나 냉정한 나나미의 말을 듣고 고양이는 입을 다물었다. 잠시 침묵이 흐르고, 고양이가 포기한 듯 중얼거렸다.

"……내려줘."

바닥에 내려선 고양이는 크게 한 번 몸을 떨었다.

"정말 특이한 소녀군. 무섭지 않아? 보통 사람이라면 고양이가 인간의 말을 한 순간, 반쯤은 도망칠 텐데."

"그럼 난 나머지 반이야."

"아니, 나머지 반은 못 들은 척하지."

그렇구나, 하고 나나미는 저도 모르게 납득했다.

"깜짝 놀라긴 했지만 무섭진 않았어. 지금은 그것보다 소중한 걸 빼앗기는 게 더 큰 문제니까."

"소중한 것?"

"『괴도 뤼팽』 전집."

침착하게 대답하는 나나미의 눈빛이 의외로 진지하다는 걸 고양이도 알아차린 모양이었다. 고양이는 더 이상 완고한 얼굴로 반론

하지 않았다. 그러고는 살피듯 나나미를 쳐다보면서 나지막한 목소리로 말했다.

"농담은 아닌 것 같군."

나나미는 고개를 끄덕였다.

"천식을 앓는 힘없는 소녀는 도움이 안 돼?"

"천식은 문제가 아니고, 네가 소녀인지 소년인지도 관계없어. 저 통로 안쪽에서 가장 중요한 건 진실과 마음의 힘이니까."

"어려운 말은 잘 모르지만, 마음의 문제라면 도움이 될지도 몰라. 보기보다 정신력은 강하거든."

"아무래도……."

고양이는 나나미를 물끄러미 바라보면서 덧붙였다.

"그런 것 같군."

고양이는 크게 숨을 쉬고 나서 다시 나나미를 올려다보았다.

"정말 나와 같이 갈 거야?"

"책을 되찾을 수만 있다면."

"무슨 일이 일어날지는 나도 몰라. 소녀여, 그래도 괜찮아?"

나나미는 고개를 크게 끄덕였다. 그러고는 "하지만 그 전에"라고 말하며 왼손으로 살며시 고양이의 손을 들어 올려 오른손으로 다정하게 잡았다.

"난 '너'도 아니고 '소녀'도 아니야. 나나미라고 해. 잘 부탁해."

고양이는 살짝 손을 빼려고 하다가 나나미를 똑바로 쳐다보았다.

"난 얼룩고양이 '얼룩'이야."

짐짓 불쾌한 얼굴로 대답하면서도 잡힌 손을 뿌리치려고 하지는 않았다.

왜 이 기묘한 고양이를 따라가려고 했는가?

나나미 자신도 명쾌하게 대답할 수 없었다. 다만 고양이의 목소리를 처음 들었을 때부터 무섭다는 느낌은 들지 않았다. 무섭기는커녕 그리움과도 닮은 아련한 감정을 느꼈다.

애초에 공포라면, 그보다 훨씬 더 큰 공포를 나나미는 알고 있다. 죽을지도 모른다고 생각했던 적도 몇 번 있었다. 숨도 쉴 수 없고 머리도 깨질 것처럼 아픈 데다 주변 사람의 목소리도 들리지 않아서 이제 틀렸다고 포기하려고 했던 적도 한두 번이 아니었다.

그렇게 벽에 부딪혔을 때마다 조금씩 여러 가지를 포기해왔기에, 이런 기묘한 날 정도는 포기하고 싶지 않았다. 뭐니 뭐니 해도 인간의 말을 하는 고양이를 만난 특별한 날이니까.

"책이 어마어마하게 많다……."

고양이를 따라 걸음을 내딛은 나나미는 주변을 둘러보면서 연신 감탄했다.

처음에는 눈에 익은 '프랑스 문학' 책장 사이를 걷기 시작했는데, 금세 부드러운 빛이 온몸을 감싸더니 지금은 푸른빛이 비치는 책장 통로의 한가운데를 걷고 있었다.

양쪽에는 한 번도 본 적 없는 책들이 늘어서 있었다. 제목만이 아니었다. 처음 보는 문자와 기호도 보였고, 오랜 세월을 느끼게 하는 낡은 장정의 책도 보였다. 가죽이나 천 표지의 화려한 책도 있는가 하면, 실 몇 가닥으로 묶었을 뿐인 색 바랜 종이도 보였다. 어쨌든 책장의 통로는 안쪽까지 끝없이 이어졌고, 방대한 서적이 양쪽을 메우고 있었다.

"책이 많은 것처럼 보여도 숫자는 조금씩 줄어들고 있어."

"줄어든다고? 왜?"

"사람의 마음의 힘이 약해지고 있는 탓이겠지. 안타까운 일이야."

안타깝다고 말하는 것에 비해 말투는 어디까지나 담담했다.

고양이는 다시 말을 이었다.

"하지만 지금 걱정할 일은 그게 아니야."

"훔쳐 간 책 말이지? 아까 그 남자가 이 앞쪽에 있는 거야?"

"그래. 쉬지 않고 돌아다니는 탓에 반드시 만날 수 있다곤 할 수 없지만."

"만나면 어떻게 해야 하는데?"

"대화를 해야지."

너무도 당연한 말이 돌아와서 나나미는 의아한 표정을 지었다.

고양이는 그런 나나미를 아랑곳하지 않고 말했다.

"조금 전에도 말했잖아? 이 미궁에서 가장 강한 건 진실의 힘이라고. 거짓은 아무 도움이 되지 않아. 그러니까 넌 네 마음속에 있는 진실을 말해서 책을 되찾는 거야."

"그런데 자기 멋대로 책을 가져가는 상대한테 대화가 통할까?"

나나미가 그렇게 말하자 고양이가 갑자기 침묵했다.

빛이 나는 통로에는 나나미의 발소리만이 가득했다.

"……매우 날카로운 지적이군."

"굉장히 불안한 대답이군."

"불안해도 어쩔 수 없어. 지금까지 수많은 사람들이 책을 되찾으려고 미궁에 발을 들여놓았다가 녀석의 말에 넘어가서 마음을 잃어버렸지."

의욕이 가득했던 나나미도 무서운 말을 듣고 입을 다물었다.

"마음을 잃어버린 사람은 책에 얽힌 추억을 전부 잊어버려. 그리고 다시는 책을 읽지 않게 되지."

"그러면 곤란해."

"처음으로 의견이 일치하는군. 나도 곤란해."

괴로움이 깃든 고양이의 목소리를 듣고 무심코 쓴웃음을 지으면서 나나미는 대꾸했다.

"하지만 괜찮을 것 같아."

"놀랍군. 이런 상황에서 왜 그렇게 생각하지?"

"그건 잘 모르겠어. 왠지 그런 생각이 들었을 뿐이야."

나나미 자신도 이상했다. 고양이와 같이 걷고 있자니 어느새 불안과 긴장이 사라지는 듯했다. 그런 나나미를 고양이가 어깨 너머로 차갑게 바라보았다.

"근거 없는 낙관주의는 위험해. '과신은 인류의 최대 적이니까.'"

나나미는 살짝 놀랐다.

"굉장해. 이런 곳에서 『햄릿』의 명언을 들을 줄이야."

"하지만 약한 소리나 불평만 늘어놓을 바에야 약간의 낙관주의도 나쁘진 않아. 특히 앞날이 불안할 때는 말이야."

"넌 좀 비뚤어졌구나?"

"당연하지. 고양이는 원래 그렇거든."

불필요할 만큼 강력한 목소리가 통로를 뒤흔들었다. 이윽고 푸르스름한 책장의 통로가 천천히 하얀빛에 감싸였다.

"참고로 말해두지."

고양이가 나지막한 목소리로 덧붙였다.

"『햄릿』이 아니라 『맥베스』야."

그런 목소리까지 하얀빛에 녹아들어 갔다.

눈부신 빛이 서서히 멀어진 뒤, 눈앞에 펼쳐진 광경을 보고 나나미는 깜짝 놀랐다.

양쪽을 가득 메우고 있던 책장은 어디론가 사라지고, 나나미와 고양이는 바퀴 자국이 몇 개 나 있는 흙길에 서 있었다.

양쪽에는 키 작은 활엽수가 늘어서 있고, 하늘에서는 밝은 햇살이 쏟아졌다. 나나미는 손차양을 하고 앞을 바라보다가 저도 모르게 중얼거렸다.

"성이야……?"

그렇게밖에 표현할 수 없는, 돌로 된 건물이 똑바른 길 앞쪽에 우뚝 솟아 있었다. 당당한 성벽, 그 너머에 보이는 커다란 탑. 성벽 위에는 무늬가 없는 회색 깃발이 펄럭이고, 군데군데 옛날식 장총을 든 경비병이 차려 자세로 서 있었다. 성의 정면에는 아치 모양의 커다란 입구가 있었고, 쇠사슬로 이어진 튼튼한 널다리가 앞쪽 수로에 걸쳐져 있었다.

틀림없이 성이었다.

다음 순간, 귀를 찢을 듯한 땅울림이 들린 것은 뒤에서 두 마리의 말이 끄는 마차가 숲을 빠져나와 달려왔기 때문이다. 황급히 옆으로 비켜선 나나미를 아랑곳하지 않고 짐칸이 달린 마차는 맹렬한 속도로 달려갔다. 마차가 들어간 성문을 보면서 나나미는 미간을 찡그렸다.

"병사들이 엄청 많네."

실제로 성벽 위뿐만 아니라 널다리 양쪽에도 총을 든 병사 두 명이 서 있었다.

"다짜고짜 총을 쏘거나 하진 않아?"

"왜 그래? 갑자기 겁먹었어?"

"총을 보고 겁먹지 않는 사람이 있다면 오히려 그게 더 이상한 거 아닐까?"

"걱정할 거 없어. 단지 허세일 뿐이니까. 정말로 힘이 있는 자는 노골적으로 무기를 과시하지 않아. 약한 자일수록 과격하게 구는 법이지."

고양이는 대수롭지 않게 말하고 성문을 향해 걸음을 내딛었다. 나나미도 황급히 고양이의 뒤를 따라갔다.

이윽고 성문 앞까지 왔는데 널다리 양쪽에 있는 병사는 말없이 경례를 할 따름이었다. 총은 겨누지 않았지만 나나미는 병사들의 얼굴을 보고 소름이 끼쳤다. 핏기라고는 하나도 없는 흙빛 얼굴이었던 것이다. 무표정한 데다 기묘하리만큼 특징이 없는 얼굴로, 눈을 돌린 순간 이미 어떤 얼굴이었는지 기억나지 않았다.

"얼굴이 다 똑같아. 더구나 안색이 너무 안 좋아."

"'회색 남자들'이야. 모든 남자들이 다 똑같지."

고양이의 말처럼 성문을 들어가자 앞쪽에 있는 남자들도 모두 똑같았다. 성벽 밑에 서 있는 남자, 말을 끌고 가는 남자, 새로 달려온 마차의 마부까지 모두 회색 얼굴이었다.

하늘에서 쏟아지는 따뜻한 햇살과, 똑같이 생긴 수많은 회색 얼굴이 너무나 대비되어서 나나미는 온몸에 소름이 돋았다.

돌벽을 따라 걸으면서 나나미는 혼잣말처럼 중얼거렸다.

"'회색 남자들'이라면 예전에 책에서 읽은 적이 있어."

"그건 귀중한 경험이야."

"귀중한 경험?"

앞장서서 걸어가는 고양이가 뒤도 돌아보지 않고 대답했다.

"지금은 녀석들에 대해 아는 사람이 별로 없거든. 녀석들은 매우 위험한 존재야. 예전에는 그런 사실을 알아차린 자들도 있었지. 그런 사람들은 그들의 위험성에 관해 여러 책에 글을 남겼어. 하지만 지금은 대부분 잊어버리고 말았지."

담담하게 말하는 목소리의 어딘가에 아련한 슬픔이 감돌았다.

"잊어버렸다고? 저렇게 음침한 사람들을 어떻게 쉽게 잊을 수가 있지?"

"음침하다고 여기는 그 감성을 소중히 여겨야 해. 지금은 전 세계가 회색으로 물들고 있어. 대부분의 사람들은 당연한 것처럼 가까이에 녹아든 녀석들을 알아차릴 수조차 없으니까."

갑자기 하늘이 넓어진 것은 양쪽의 돌벽이 끝나고 커다란 광장으로 나왔기 때문이다.

그곳에는 한층 기이한 광경이 펼쳐져 있었다.

성벽으로 둘러싸인 광장의 중앙에는 커다란 제단이 설치돼 있고, 안에서는 새빨간 불길과 함께 시커먼 연기가 피어올랐다. 주변에는 회색 얼굴의 병사들이 왔다 갔다 하면서 제단 옆으로 나무 상자를 가져오는 자, 나무 상자 속에서 뭔가를 꺼내 연신 불길 속으로 던져 넣는 자, 직립부동의 자세로 주변을 경계하는 자들이 마구 뒤섞여 있었다. 가끔 구호 같은 소리가 들려왔지만 모두 하나같이 회색 얼굴인 탓에 활기가 없어 보여서 기묘하게 현실감이 느껴지지 않았다.

그때 뒤쪽에서 시끄러운 소리가 들린 것은 또 새로운 마차가 달려왔기 때문이다.

나나미를 앞질러 간 마차가 제단 앞에 멈춰 서자 병사들이 우르르 달려가 삽이나 갈퀴로 짐칸에 쌓여 있는 것들을 난폭하게 끌어내렸다. 짐칸에서 땅바닥으로 우수수 쏟아진 것을 보고 나나미는 얼굴을 찡그렸다.

책이었다. 큰 책, 작은 책 등 장정이 제각기 다른 책들이 쓰레기처럼 땅바닥에 흩뿌려지고 있었다.

"전부 책이야?"

"그래. 전 세계에서 책을 가져와 여기서 불태우고 있어."

"왜?"

"그게 옳은 일이라고 생각해서겠지."

고양이의 대꾸는 답이 되지 않았다.

병사들은 땅에 떨어진 책을 갈퀴로 긁어모아서 나무 상자에 넣고, 그것을 제단 옆으로 가져가 연신 불길 속에 던져 넣었다. 불길은 더욱 기세 좋게 활활 타올랐다.

광장 반대편으로 달려가는 마차의 뒷모습을 바라보면서 나나미는 조심스럽게 물었다.

"설마라고 생각하지만, 『괴도 뤼팽』 전집도 벌써 저 불길 속에 있는 건……."

고양이가 단호하게 말했다.

"그건 아니야. 저곳에서 태울 수 있는 건 약한 책들뿐이야. 힘이 있는 책은 저렇게 다룰 수 없어서 다른 곳으로 가져가지. 문제는 그 장소인데……."

고양이가 그렇게 말했을 때, 나나미는 누군가 부른 듯해서 고개를 돌렸다.

실제로 목소리가 들린 건 아니었다. 하지만 주변을 둘러보던 나나미의 눈은 광장을 내려다보듯 우뚝 솟아 있는 커다란 탑에 빨려들어갔다. 탑의 기단 부분에는 대여섯 명이 나란히 걸을 수 있는 멋진 돌계단이 있었다.

"저건 뭐야?"

"성이야. 보면 알잖아?"

"저 안쪽에 있을 것 같아."

고양이가 대답하기도 전에 나나미는 이미 걸어가기 시작했다. 고양이는 한순간 비취색 눈을 가늘게 떴지만, 아무 말도 하지 않고 나나미의 뒤를 따라갔다.

자욱한 연기가 피어오르는 제단을 돌아서 정면의 큰 계단 밑까지 걸어가는 동안에도 회색 얼굴의 병사들을 지나쳤지만, 나나미와 고양이를 보고 반응을 보인 사람은 아무도 없었다. 돌계단 양쪽에 있는 병사들도 경례를 했을 뿐, 앞길을 막으려 하지 않았다.

"묘한 일이야. 안내자는 나인데, 마치 네가 나를 안내하는 것 같잖아."

고양이의 중얼거림에 나나미는 작은 웃음으로 대꾸하면서 눈앞의 큰 계단을 올라갔다.

그렇게 경사가 급하진 않았지만 계단 수가 많았다. 끝까지 올라가고 나서 나나미는 가슴에 손을 대고 크게 심호흡을 했다.

"괜찮아?"

"아직은."

솔직히 말하면 몸이 불안하지 않은 건 아니었다.

기이한 공간으로 인해 긴장감도 높아져 있었다. 더구나 성 밖에서 한참 걸어왔고, 수많은 돌계단을 올라왔다. 어떤 계기로 인해 가슴 안쪽에서 난폭한 말이 눈을 뜰지도 모른다. 하지만 이상할 정도로 공포감은 없고 지금은 호흡도 안정되었다.

"넌 참 강하구나."

"그렇지도 않아. 이쓰카는 항상 나에게 건강하지 않으니까 몸조심하라고 하거든."

"몸을 말하는 게 아니야. 마음 말이야, 마음."

이해할 수 없는 말을 하면서 고양이는 성 안쪽을 보았다. 밖에서는 단지 위압적인 탑으로 보였을 뿐인데, 막상 들어와 보니 의외로 넓은 통로가 쭉 뻗어 있었다. 천장은 높고 발밑에는 폭이 넓은 새빨간 카펫이 깔려 있었다. 좌우에는 굵은 기둥이 이어지고, 측랑에는 군데군데 나선형 돌계단이 보였으며, 기둥마다 점점이 회색 얼굴의 병사들이 서 있었다.

나나미는 호흡을 가다듬고 곧장 안쪽으로 발을 내밀었다. 두꺼운 카펫 덕분에 발소리는 거의 나지 않았다. 똑같은 모양의 기둥과 똑같은 얼굴의 병사들 사이를 소리도 없이 걷고 있자니, 옛날 그림책의 세계로 흘러들어온 듯한 느낌이 들었다.

이윽고 나나미와 고양이는 중후한 나무문 앞에 도착했다.

"누구냐?"

그렇게 말한 사람은 문 앞에 있던 병사였다.

회색 얼굴의 병사가 자세도 바꾸지 않고 시선도 마주치지 않은 채, 억양이 없는 목소리로 말했다.

"이 안쪽은 장군 각하의 방이다. 용건이 뭐냐?"

"장군을 만나러 왔다."

고양이가 강력한 목소리로 대답했다. 고양이의 대답이 너무도 갑작스러웠는지 병사는 곧바로 대답하지 못하고, 회색 얼굴을 약간 움직여 감정 없는 눈길로 고양이와 나나미를 쳐다보았다. 나나미는 무의식중에 몸이 딱딱하게 굳은 듯 긴장했지만, 병사는 몇 초 뒤에 신발의 뒤축을 울리며 다시 자세를 바로잡았다.

"장군 각하께 손님이다!"

병사가 큰 소리로 말하자, 약간 시간차를 두고 여기저기서 병사들이 차례대로 그 말을 복창했다.

"장군 각하께 손님이다!"

"장군 각하께 손님이다!"

똑같은 말이 똑같은 목소리와 억양으로 성에 메아리쳤고, 이윽고 멀어져 간 목소리가 들리지 않을 때쯤 커다란 문이 좌우로 서서히 열렸다.

"들어가자."

고양이가 나지막한 목소리로 침착하게 말했다.

문 안쪽은 상당히 큰 홀로, 그곳에도 새빨간 카펫이 깔려 있었다.

천장에는 호화로운 샹들리에가 몇 개나 달려 있었고, 막다른 곳의 벽에는 아무런 문양도 없는 회색 현수막이 드리워 있었다. 주변보다 3단 정도 높은 현수막 밑에는 새빨간 벨벳 팔걸이의자가 상대를 압도하듯 놓여 있었다.

중앙의 카펫이 밝은 빛을 받고 있는 것에 비해 양쪽 벽은 어두컴컴했다. 그 어둠 속에서 몇 미터마다 병사들이 직립부동의 자세로 서 있는 것을 보고 나나미는 무심코 목을 움츠렸다.

"별로 기분 좋은 곳은 아니네."

"두려워할 거 없어. 말했잖아. 정말로 힘 있는 자는 함부로 무기를 과시하지 않는다고."

고양이는 침착한 목소리로 말하고 조용히 걸음을 내딛었다.

나나미는 고양이의 뒤를 따라가면서 카펫의 양쪽에 같은 간격으로 놓여 있는 하얗고 네모난 물체에 시선을 두었다. 멀어서 확실하지는 않지만, 그것은 잘 만들어진 돌 받침대였다. 나나미가 도서관에서 항상 앉는 책상 정도 크기였지만, 다리도 없고 서랍도 없는 새하얀 정육면체였다. 즉, 거대하고 새하얀 주사위가 양쪽에 점점이 놓여 있었던 것이다.

주사위 위를 바라본 순간, 나나미는 나지막하게 중얼거렸다.

"『해저 2만 리』……."

돌 받침대 위에 있는 것은 틀림없이 쥘 베른의 걸작 『해저 2만 리』였다.

"이쪽에 있는 건 『반지의 제왕』 1권. 마치 국보처럼 소중하게 놓아두었어."

좌우로 열 개가 넘는 돌 받침대 위에는 그런 식으로 각각 책이 놓여 있었고, 머리 위의 샹들리에가 그것을 밝게 비췄다.

"『닥터 두리틀』(영국 작가 휴 로프팅의 소설-옮긴이)…… 『보물섬』…… 『모비 딕』……."

"전부 아는 책이야?"

"전부 나에게 최고의 시간을 안겨준 책이니까. 나에겐 친구 같은 책이야."

"그래? 친구 복이 많군."

순서대로 따라가자 『삼총사』와 그림책 『프레드릭』도 있었다. 전부 도서관에서 사라진 책들이다. 정면 팔걸이의자에 가장 가까이 있는 돌 받침대 앞에서 나나미는 걸음을 멈췄다.

반들반들 빛나는 받침대 위에 놓인 오래된 책 열 권. 책등은 색이 바래고 모서리도 닳았지만 눈에 익은 전집은 바로 모르는 사람이 없는 『괴도 뤼팽』 전집이었다.

"갑자기 손님이 오셨군."

별안간 머리 위에서 목소리가 들리자 나나미는 흠칫 놀라 얼굴을 들었다.

어느새 단상의 팔걸이의자 옆에 체격이 좋은 남자가 서 있었다. 양복을 입고 사냥모를 쓴 그 남자였다. 여봐란듯이 가슴에 번쩍이는 훈장을 단 위병 둘이 그를 따랐다.

새빨간 카펫, 넓은 홀, 고풍스러운 복장의 위병, 그런 광경의 한가운데 양복을 입은 남자가 느긋하게 서 있었다. 그것만으로도 충분히 기이한 모습이었지만, 남자가 사냥모를 벗은 순간 나나미는 소름이 끼쳐서 온몸을 움츠렸다.

남자의 얼굴은 병사들과 똑같은 회색이었다. 다만 인형처럼 개성 없는 회색 남자들 사이에서 이 남자만 조금 특징이 있었다. 커다란 매부리코와 코 밑의 검푸른 콧수염, 그리고 날카로운 회색 눈이 두드러진 존재감을 드러냈다.

남자는 사냥모를 옆의 병사에게 맡기고 평가하는 눈길로 나나미를 쳐다보면서 형식적으로 인사했다.

"'장군의 방'에 온 걸 환영한다."

"장군의 방?"

"그래, 여긴 '장군의 방'이다."

위엄에 가득 찬 목소리가 커다란 홀을 가득 메웠다.

"그렇다면 당신이 장군이란 거예요?"

"그건 말할 것도 없지."

회색 장군은 오른팔을 크게 벌리며 말을 이었다.

"잘 왔다고 해야 하나? 여기에 손님이 오는 건 드문 일이라서 말이야. 일단은 환영하지."

넓은 공간은 마치 콘서트홀처럼 장군의 굵은 목소리를 반향시켰다. 장군의 태도는 적어도 겉으로 보기엔 예의 바르고 온화했지만 숨이 막힐 만큼 위압적이었다. 나나미의 발밑으로 시선을 옮긴 장군이 굵은 눈썹 사이를 찌푸렸다.

"오랜만이다. 너도 같이 왔군. 이미 포기했다고 생각했는데."

나나미는 발밑의 파트너를 힐끔 쳐다보았다.

"아는 사이야?"

"유감스럽게도 아는 사이야. 하지만 친구는 아니지."

고양이는 냉정하게 대답하면서 단상의 장군을 보았다.

"장군이여, 책을 돌려받으러 왔다."

"그 말은 이제 지긋지긋하군. 말했을 텐데. 이건 사람들을 위해서 하는 일이라고. 그런데 넌 끝까지 방해하려는 건가?"

"말도 안 되는 변명이야. 자기 멋대로 가져가 놓고 사람들을 위해서라니. 하무라 씨가 들으면 펄펄 뛰며 화를 낼걸."

나나미가 혼잣말처럼 작게 중얼거렸다.

장군이 나나미의 작은 항의를 타이르듯 제지했다.

"용감한 소녀여, 넌 지금 오해하고 있다. 책을 우리가 가져오고 있는 것은 분명하다. 하지만 그건 필연적인 일이지. 꼭 필요한 일이고 어쩔 수 없는 일이며 꼭 해야 할 일이다."

"무슨 말인지 모르겠지만 어쨌든 도서관에서 책을 가져갈 때는 대출 절차가 필요해요. 상대가 중학생이든 장군 각하든, 접수처에 말도 하지 않고 그냥 가져가는 건 규칙 위반이에요."

당연한 일이다. 햄 영감님이 있었다면 그게 왜 당연한 일인지 조롱과 비아냥거림을 듬뿍 담아서 설명해주었으리라.

장군은 감탄한 얼굴로 한쪽 눈썹을 약간 치켜올렸다.

"용감할 뿐만 아니라 지적인 소녀군."

장군은 몸을 돌려서 뒤에 있는 팔걸이의자에 편안하게 앉았다. 회색 양복을 입은 회색 얼굴의 남자가 호화로운 벨벳 의자에 다리를 꼬고 앉았다. 그 양쪽에는 고풍스러운 총을 든 병사가 서 있었고, 머리 위로 샹들리에 불빛이 단상을 밝게 비췄다.

모든 것이 뒤죽박죽, 엉망진창인 합성사진 같았다.

"넌 아직 이해하기 어려울지도 모르지. 하지만 결론을 서두를 일은 아니다. 우리는 너희를 위해 일하고 있다. 너도 언젠가 이해할 날이 올 거다."

회색 장군은 근심이 가득한 눈으로 눈부신 샹들리에를 올려다 보면서 말을 이었다.

"책을 불태우는 일은 매우 힘들지. 너도 오면서 봤을 거다. 광장에서는 매일 전 세계에서 가져온 책을 병사들이 열심히 불태우고 있지. 끊임없이 가져오는 책을 재와 연기로 만드는 것만도 힘든 일인데, 모든 책이 얌전히 재가 되어주는 건 아니다. 힘이 있는 책은 끝까지 저항하지."

장군은 오른손을 들어서 홀 전체를 가리켰다.

"그렇게 강력한 책은 일단 여기에 모은다. 여기서 힘이 약해질 때까지 기다리는 거야. 여기에 놔두었다가 사람들의 기억에서 사라지면, 아무리 강인한 책이라도 언제까지나 저항하기는 어렵다. 여기는 그것을 위한 공간이지."

"기본적인 걸 물어볼게요."

나나미의 강력한 목소리가 홀에 울려 퍼졌다.

장군은 위로 치켜든 오른손을 천천히 내려 나나미를 향해 내밀었다.

"뭐지?"

"왜 책을 불태우는 건가요?"

"쉬운 질문이다."

장군은 콧수염을 가볍게 잡으면서 덧붙였다.

"위험하니까."

예상치 못한 대답을 듣고 나나미는 한순간 당황했다.

장군은 천천히 일어나 당당한 걸음걸이로 단상을 걷기 시작했다.

"책은 실로 위험한 존재다. 특히 옛날부터 전해 내려오는 책, 시대를 초월해서 많은 사람들이 손에 든 책은 위험하기 짝이 없다."

"책이 위험하다고요?"

"위험하고말고. 물론 모든 책이 위험한 건 아니다. 흔해빠진 지식을 나열해놓은 무해한 책도 있고, 한순간의 감동이나 오락거리를 제공해주는 책의 유용성에 관해서는 나도 부정하지 않는다. 하지만 그렇지 않은 책도 많다. 특히 여기에 진열해놓은 책은 위험하기 짝이 없지. 사람을 잘못된 방향으로 이끌어가니까."

나나미가 침묵한 것은 물론 장군의 말을 납득해서가 아니다.

책에 관한 애정이라면 남들의 두 배, 아니, 서너 배는 강하다. 그래서 반론의 입구가 있으면 가차 없이 문을 열고 들어갔으리라. 하지만 장군의 연설은 너무나 특이해서 어디에도 입구가 없었다. 한마디로 말해, 무슨 뜻인지 이해할 수 없었다.

단상의 왼쪽 끝까지 걸어간 장군은 재빨리 뒤를 돌아 다시 중앙으로 오면서 연설을 이어갔다.

"세계는 어마어마한 속도로 변하고 있다. 낡은 책에서 얻을 수 있는 건 아무것도 없다. 뿐만 아니라 잘못된 내용이 쓰여 있지. 그런데 지금도 일부 사람들은 아득한 과거에 만들어진 시시한 작품에 집착하고 있다. 여기 놓여 있는 책들을 한번 봐라. 전부 과거의 추악한 관습에 사로잡힌 고루하고 시대에 뒤떨어진 작품이 아닌가. 그런 것에 사로잡혀서는 안 된다. 인간은 더 자유롭고, 더 풍요로운 존재이니까."

"아무리 그래도……."

나나미가 재빨리 입을 열었다. 겨우 반론의 문을 발견한 것은 아니다. 문이 없더라도 눈앞의 벽을 노크하지 않으면 연설은 끊임없이 계속될 것 같았다.

"아무리 그래도 책을 불태울 것까진 없잖아요? 사람들이 책을 읽을지 말지는 당신이 결정할 일이 아니에요."

장군은 가여운 눈길로 나나미를 바라보면서 말했다.

"망언이다. 가령 이 머스킷 총을 보거라."

장군은 바로 뒤쪽에 있는 병사에게 다가가, 그가 들고 있는 반짝거리는 총통을 사랑스러운 반려동물이라도 어루만지듯 다정하게 쓰다듬었다.

"머스킷 총은 그곳에 놓여 있기만 하면 아무런 해가 없고 우아한 인테리어에 불과하지. 하지만 일단 손에 들면 위험하기 짝이 없는 물건이다. 검지 하나로 눈앞에 있는 누군가를 쏘아 죽일 수 있으니까. 책도 마찬가지다. 함부로 손대면 위험하다. 그리고 함부로 손대려고 하는 자들이 아직도 적지 않지. 그래서 우리는 책을 모아 여기서 재로 만들려고 온 힘을 다하고 있는 거다."

총에서 손을 뗀 장군은 너그러운 눈길로 나나미를 돌아보았다.

"걱정할 거 없다. 어려운 일은 아무것도 신경 쓰지 않아도 된다."

오만한 태도와 엄격한 말투는 변함없었지만, 목소리 어딘가에 달콤한 느낌이 더해졌다. 상대를 경계하고 있던 나나미는 몸이 둥실 뜨는 듯 기묘한 감각에 사로잡혔다.

"네가 걱정할 일은 아무것도 없다. 전부 우리한테 맡겨라."

묵직한 목소리가 모든 것을 감싸듯 장군의 방에 메아리쳤다. 당혹스러워하는 나나미를 향해, 당혹스러움까지 껴안으려는 것처럼 장군은 두 팔을 활짝 벌렸다.

한순간 멍하니 서 있던 나나미는, 끈적끈적하게 달라붙는 후텁지근한 공기를 뿌리치듯 머리를 흔들고 상대를 쳐다보니 흠칫 놀라 숨을 죽였다. 장군의 눈이 유리구슬처럼 공허해 보인 것이다.

'뭔가 이상해……'

그런 직감과 함께 어딘가로 날아가려는 생각을 억지로 붙잡아 가슴으로 되돌렸다.

'걱정할 일은 아무것도 없다.'

'우리한테 맡겨라.'

그런 말은 본래 듣는 사람에게 편안함을 안겨준다. 그런데 여기에서는 뭔가 이상하다.

나나미는 덥지도 않은데 희미하게 땀이 솟구쳐서 슬쩍 목덜미를 만졌다. 매우 불쾌한 땀이었다.

"넌 아는 것 같군, 저 남자가 얼마나 무서운지."

발밑의 고양이가 말했다. 그 나지막한 목소리에 나나미의 마음이 안정되었다.

"뭔가 이상해. 저렇게 당당하고 자신감이 넘치는데……. 왠지 기분이 나빠."

"그렇게 느낄 수 있는 건 네 마음이 강해서야. 내가 말했을 텐데. 여기에선 진실과 마음의 힘이 전부라고."

"하지만 진실 같은 건……."

"장군은 싸우는 방법 자체가 틀렸어. 자신의 진실을 통해 힘을 얻는 게 아니야. 녀석은 무언가를 말하는 것처럼 보이지만 사실은 아무 말도 하지 않아. 찾아온 손님들한테서 진실을 흡수해 자신의 힘으로 만들고 있지."

어려운 말이었다. 고양이의 담담한 목소리가 이어졌다.

"누구나 너처럼 마음이 강하지 않아. 오히려 그렇지 않은 사람들이 훨씬 많지. 그렇게 나약한 사람들은 자신감 넘치는 사람을 보면 쉽게 스스로를 맡겨버려. 스스로 판단하고 스스로 행동하는 일에는 책임이 따르니까. 차라리 생각하지 않고 전부 맡겨버리면 편하겠다……, 그렇게 해서 자신이 쌓아온 진실을 포기해버리는 거야."

"상대의 말에 삼켜지는 사람들이 그런 거야?"

"그래. 연설 내용은 아무래도 상관없어. 진실을 포기한 자들은 생각하는 것 자체를 그만두지. 그리고 자신감 넘치는 어느 훌륭한 장군이 모든 걸 해결해준다고 어린애 같은 망상 속에 잠기는 거야.

아빠가 운전하는 차의 뒷자리에서 아무런 걱정 없이 잠드는 것만큼 마음 편한 시간은 없겠지. 거기에 익숙해지면 언젠간 자신이 핸들을 잡아야 할 때가 온다는 생각은 아예 머릿속에 없게 돼. 아무리 나이를 먹어도 어린아이에서 벗어나지 못하는 어른이 많은 이유가 바로 그거야."

천식 발작이 시작된 것도 아닌데 나나미는 숨이 막혔다.

나나미는 마음이 강하다는 게 어떤 건지 잘 모른다. 다만 자신의 불안한 몸은 자신이 지키는 수밖에 없다는 건 알고 있다. 생각을 그만둔다는 건 어느 훌륭한 사람이 와서 자신의 천식 발작을 알려 줄 때까지 가만히 누워서 기다리는 거나 마찬가지 아닐까. 그렇다면 상당히 무서운 일임에 틀림없다. 그 사람이 오기 전에 자신은 죽을지도 모르니까.

"자, 소녀여."

장군의 커다란 목소리가 나나미의 생각을 가로막았다. 나나미가 고개를 들자 장군은 여전히 두 팔을 벌린 채 당당하게 단상에 서 있었다.

"이제 결단을 내릴 때가 왔다. 어서 결정해라. 아니, 네가 직접 결정할 필요는 없다. 넌 그저 안심하고 나를 따르기만 하면 된다."

목소리는 강력하지만 한없이 공허한 유리구슬 눈이 나나미를 바라보았다.

우렁찬 목소리, 당당한 손짓, 다정한 말과 희미한 미소······.

하지만 그 너머에는 아무것도 없었다.

"당신은 누구야?"

나나미의 입에서 갑작스러운 질문이 흘러나왔다. 그런 탓에 목소리는 크지 않았지만 넓은 '장군의 방'에 천천히 울려 퍼졌다.

장군이 눈썹을 살짝 치켜올렸다.

"놀랍군. 그런 걸 물어본 손님은 네가 처음이다."

"당신은 너무 이상해."

장군은 대답하지 않았다.

"뭔가 이상해, 분명히."

"뭔가 이상하다고? 뭐가 이상하다는 말이냐?"

"그건 모르겠어. 하지만 소중한 게 빠져 있는 느낌이야……."

장군은 살짝 고개를 갸웃거리며 굵은 손가락으로 콧수염을 잡았다.

"그래, 그럴지도 모르지. 아니, 그럴 거야."

장군은 혼잣말처럼 중얼거리고 나서 냉담한 눈으로 나나미를 똑바로 보며 말했다.

"좋다. 너한테 경의를 표하는 의미로 한 가지 힌트를 주지. 난 너희와 '함께 걸어가는 자'다."

장군의 목소리는 커다란 공간에 음침하게 퍼져 나갔다.

그는 태연하게 있었지만 몹시 공허해 보였다. 나나미는 숨 막히는 압박감 속에서, 손에 잡히지 않는 물처럼 지금의 상황을 종잡을 수 없었다.

　장군은 팔걸이의자 옆에 선 채, 부자연스러운 동작으로 가슴에서 회중시계를 꺼냈다.

　"미안하지만 시간이 없다. 이제 다음 책을 모으러 가야 한다. 이 세상에는 아직 성가신 책들이 많으니까."

　그러고는 옆의 병사가 내민 모자를 받으면서 나나미에게 눈길을 주었다.

　"더는 말하지 않겠다. 이대로 돌아가라. 물론 여기 있는 책들에게 작별을 고하고 말이야. 옛날에 읽었던 좋은 이야기는 기억의 서랍에 넣어두고 단단히 자물쇠를 채워두거라. 다시는 너를 이런 곳으로 이끌지 못하도록."

　장군은 그 말을 끝으로 한 손에 모자를 들고 어색하게 목례를 했다. 이야기가 끝났다는 신호였다. 두 위병을 거느리고 단상을 떠나는 장군을 바라보면서 나나미는 꼼짝도 하지 않았다.

　"나나미……?"

　고양이가 불러도 대답하지 않고, 나나미는 말없이 방향을 바꾸어 옆에 있는 돌 받침대로 다가갔다.

　"난 어려운 말은 잘 몰라. 하지만 확실한 게 한 가지 있어."

　나나미가 눈앞의 책을 향해 하얀 손을 뻗으며 덧붙였다.

　"난 소중한 책을 잊지 않아."

　나나미의 손이 책에 닿으려고 한 순간, 귀를 찢는 듯한 파열음이 들렸다. 날카로운 소리에 장군의 방의 공기가 떨리고, 장군의 굵은 목소리가 나나미의 귀에 닿았다.

"그러면 안 되지. 그건 내 컬렉션이다."

장군은 떠나기 직전에 단상에서 얼음 같은 눈길로 나나미를 노려보았다. 그의 양쪽에 서 있는 두 위병이 나나미에게 총구를 겨눴다. 뿐만 아니라 벽 쪽에 서 있는 병사들도 한 사람과 한 마리를 향해 총을 겨눴다.

나나미는 장군을 노려보려다 멈칫했다. 유리구슬처럼 차가운 눈 너머에서 거무칙칙한 기척을 느낀 것이다.

"걱정할 거 없다. 지금은 위협한 것뿐이니까. 하지만 조금 전에도 말했듯이 이 녀석은 위험한 무기다. 다음에는 어떻게 될지 모르지."

단숨에 땀이 솟구치는 것을 느끼면서 나나미는 발밑을 향해 말했다.

"단지 허세일 뿐이라고 하지 않았어?"
"정정하지. 녀석은 더 강해졌어. 예전과는 달라."
"다르다고?"
그 말에 대답하지 않고 고양이는 천천히 뒷걸음질을 쳤다.
"나나미, 돌아가자. 장군을 화나게 하는 건 좋은 방책이 아니야."
"도망치자는 거야?"
예상 밖으로 강한 나나미의 반문에 고양이는 당혹스러운 모습을 보였다.

나나미는 다시 단상에 있는 장군을 보았다. 수많은 총에 둘러싸여 있는 지금의 상황이 무섭지 않다고 하면 거짓말이다. 하지만 마음 깊은 곳에서 보글보글 거품이 일었다. 장군은 책이 위험하다고 말했다. 그래서 불태우고 있다고. 무슨 뜻인지는 모른다. 하지만 의미도 모른 채 도망치면 분명히 후회할 거라는 건 알고 있다.

푸른빛의 책장 통로에 발을 내밀었을 때 결심하지 않았던가. 오늘은 포기하지 않는 날이라고.

나나미가 그렇게 생각했을 때였다.

돌연 희미한 빛이 주변을 감쌌다. 깜짝 놀라 주위를 둘러보니 돌받침대에 놓여 있는 몇몇 책이 빛을 뿌리기 시작했다. 부드러운 빛은 천천히 강해지고 서서히 눈부시더니 '장군의 방'을 가득 메웠다.

"이게 어떻게 된 거지?"

장군의 얼굴에 처음으로 당혹감이 깃들었다. 그와 동시에 총을 들고 있던 병사들이 어이없을 만큼 당황하며 우왕좌왕했다. 기계처럼 질서 있게 행동하던 모습이 거짓말처럼 동요하고, 개중에는 황급히 뛰어가다가 옆의 병사와 부딪히는 자도 있었다.

『해저 2만 리』가 빛났다.

『수레바퀴 아래서』도 빛에 감싸였다.

『프레드릭』과 『아주아주 배고픈 애벌레』도 눈부신 빛을 뿌렸다.

"당황하지 마라! 책이 소란을 피우는 것뿐이다!"

장군이 우렁찬 목소리로 말했지만, 병사들의 혼란은 가라앉지 않았다. 공포에 질린 그들의 모습은 우스꽝스러울 정도였고, 바닥에 엎드려서 머리를 감싸는 자도 있었다. 반면에 나나미는 약간 눈이 부셨을 뿐, 딱히 두려움이나 불쾌함이 들지는 않았다. 오히려 나나미의 가슴에 따뜻한 활력이 퍼져 나갔다.

빛 속에서 나나미가 속삭였다.

"있잖아, 고양이는 얼마나 달릴 수 있어?"

"무슨 뜻이지?"

의아한 표정을 지은 것도 잠시, 고양이는 곧바로 나나미의 계획을 알아차리고 비취색 눈을 크게 떴다. 책은 여전히 주변에 빛을 뿌리고, 병사들은 기둥에 매달리는 자가 있는가 하면 눈을 감고 벌벌 떠는 자도 있었다.

"그건 너무 위험해. 저 머스킷 총의 위력이 어느 정도인지는 나도 몰라."

"그럼 이대로 꼬리를 감고 도망칠 거야?"

"인정하고 싶진 않지만 달리 선택지가 없어."

거기까지 말한 고양이는 금세 알아차리고 나나미를 올려다보며 말했다.

"너야말로 달릴 수 있어?"

"1분 정도라면 괜찮아. 준비운동을 하면 좀 더 달릴 수 있고."

나나미로서는 최대한의 유머이지만, 고양이는 히죽 웃지도 않았다. 아무래도 책이 내뿜는 빛이 끝없이 계속되는 건 아닌 모양이었다. 이미 빛이 약해지고 있는 책도 있었다. 빛이 사라지면 이 혼란스러움도 가라앉는다.

"전부는 안 되더라도 한 권만이라도 가져갈 거야."

"정말 황당한 소녀군······."

나나미는 어이없는 표정을 짓고 있는 고양이를 조용히 바라보며 말했다.

"말했잖아. 난 소중한 책은 잊지 않아."

그렇게 말하고 미소 짓는 나나미를 보면서 고양이는 잠시 할 말을 잃었지만, 이윽고 깊숙이 숨을 토해냈다.

"좋아. 너한테 맡겨볼게."

고양이의 나지막한 목소리가 신호였다.

다음 순간, 나나미는 『괴도 뤼팽』 전집의 맨 끝에 있는 『기암성』을 빼 들고 가볍게 몸을 돌렸다.

이런 상황은 상상도 못 했는지 장군이 알아들을 수 없는 소리를 질렀다. 출구로 뛰어가는 나나미를 쫓아가듯 장군의 외침이 기묘하게 뒤틀렸다.

"거기 서!"

갈라진 목소리가 울려 퍼지는 가운데, 나나미의 도주를 도와주듯 책에서 뿜어 나오는 빛이 일제히 강렬해졌다. 눈부신 빛 속을 지나서 장군의 방 밖으로 나오자 이변을 알아차린 병사들이 성 입구의 계단 위로 모여들었다. 그곳까지는 책의 빛이 닿지 않았다.

고양이가 재빨리 방향을 틀어 측랑으로 뛰어들자 나나미도 그 뒤를 따랐다. 기둥 뒤쪽에 나선형 돌계단이 보였다. 고양이의 뒤를 따라 계단을 단숨에 뛰어 올라가자 그곳은 성벽 위였다.

행운이라고 해야 하리라. 성벽 위에 있던 병사들은 모두 밑으로 내려갔는지, 회색 깃발 아래에는 아무도 보이지 않았다. 바람만이 지나가는 성벽 위의 통로를 나나미와 고양이는 옆도 쳐다보지 않고 달려갔다.

'이렇게 전력 질주를 하는 게 몇 년 만일까……?'

나나미의 감동은 갑작스러운 파열음에 의해 날아갔다. 광장의 제단 주변에 있던 병사들이 성벽 위를 향해 총을 쏜 것이다. 잇따라 작렬하는 총소리를 들으면서 무의식중에 나나미는 가슴에 품은 책을 꼭 껴안았다.

"전부 공포탄 아냐?"

"생각하지 마!"

성벽 끝에 작은 탑이 보였다. 성문 바로 위다. 탑 안의 돌계단을 내려가는 것이 밖으로 나갈 수 있는 가장 짧은 거리다.

하지만 안도한 것도 잠시, 탑에 도착했을 때 나나미의 목에 이질감이 느껴졌다.

"난 이제 더 이상 못 버틸지도……."

"거의 다 왔어. 조금 전의 위풍당당한 모습은 어디 갔지?"

"너무 그러지 마. 이래 봬도 꽤 오래 버틴 편이야."

계단을 내려가려고 할 때, 밑에서 병사들이 올라오는 기척이 났다. 한 계단씩 리듬을 새기듯 정연한 발소리가 들렸다.

큰일이다, 하고 위로 올라가자 방금 도망쳐 온 통로에서 병사들이 줄지어 쫓아왔다. 모두 똑같이 생긴 데다 무표정한 회색 얼굴을 보자마자 등줄기가 오싹했다.

"작전 실패인가……?"

웃음을 터트린 나나미의 호흡에 맞춰 쌕쌕대는 희미한 소리가 목에서 흘러나왔다. 총검을 든 병사가 우스꽝스러울 정도로 대열을 맞추며 다가왔다.

"이제 어떻게 되는 거야?"

"나도 몰라."

"돌아갈 수 없어?"

"그것도 몰라."

고양이는 작게 머리를 흔들며, 비취색 눈으로 몰려드는 병사들을 쳐다보았다.

"일단 사과해야겠군. 역시 널 데려오는 게 아니었어. 내가 너무 안일했어."

"이럴 때는 말이야."

나나미는 죽을힘을 다해 숨을 가다듬으면서 무릎을 꿇고, 고양이의 머리에 손을 올리며 말했다.

"사과할 게 아니라 고맙다고 해야지. 같이 왔으니까."

당황하는 고양이를 향해 나나미는 이마의 땀을 닦으면서 미소를 지었다.

"꽤 즐거웠어."

그렇게 말했을 때였다. 나나미 뒤쪽에 있는 계단 옆의 작은 문이 소리도 없이 열리더니, 그와 동시에 낯선 목소리가 들렸다.

"이쪽이야!"

나나미가 고양이를 돌아보며 물었다.

"친구야?"

"몰라."

"넌 아는 게 뭐야!"

짧은 대화가 끝나기도 전에 나나미와 고양이는 거의 무작정 문 안으로 굴러 들어갔다. 그와 동시에 곧바로 문이 닫혔다. 밖의 소란스러움과 총소리가 순식간에 거짓말처럼 사라졌다.

가슴을 누르면서도 나나미는 눈을 동그랗게 뜨고 주변을 둘러보았다. 돌로 된 좁은 방일 것이라고 여겼던 곳에는 생각지도 못한 광경이 펼쳐져 있었다. 푸른빛에 감싸인 똑바른 통로가 있고, 양쪽으로 이어진 책장에는 수많은 책들이 꽂혀 있었다. 저쪽 세계로 들어갈 때 지나간 기묘한 책장의 통로였다.

"다행히 늦지 않은 것 같군."

위에서 온화한 목소리가 내려왔다.

나나미의 등 뒤에서 문을 닫은 사람이 푸른빛 속에서 얼굴을 드러냈다. 온화한 미소에 안경을 쓴 청년이었다.

키가 그렇게 크지는 않았다. 하지만 느긋한 동작 때문인지 실제보다 커 보였다. 나이는 20대 중반쯤 됐을까? 조용하고 이지적인 눈이 나나미를 바라보았다.

"나나미."

옆에서 이름을 부른 것은 고양이였다.

"일단 약부터 흡입해."

냉정한 지적을 듣고 나나미는 정신이 들었다. 주저앉아 주머니에서 약을 꺼내 입에 대고 가까스로 흡입했지만, 계속해서 기침이 나는 바람에 시야는 흔들흔들 현란한 춤을 추었다.

청년이 옆에서 한쪽 무릎을 꿇고 다정하게 나나미의 등을 어루만져 주었다.

"조금 쉬면 걸을 수 있겠어?"

"아마…… 괜찮을 거예요."

"무리하지는 마. 하지만 걸을 수 있다면 걷자. 여기서 조금이라도 떨어지는 편이 좋으니까."

이런 절박한 상황에서도 청년은 당황하지도, 나나미에게 강요하지도 않고 침착한 목소리로 말했다. 기이하리만큼 위압적인 장군의 목소리를 들어서 그런지, 따뜻한 느낌이 나나미의 가슴에 천천히 스며들었다.

청년이 바닥에 놓인 『기암성』을 주워 들었다.

"용케 가지고 왔구나."

"이 책을 알아요?"

"물론이야. 역사에 남을 명작 중 하나지."

짧은 말 속에 소소한 유머가 담겨 있었다. 청년은 책을 나나미한테 돌려주고 옆에 있는 고양이에게 시선을 돌렸다.

"오랜만이야."

고양이는 비취색 눈을 반짝였을 뿐, 곧바로 대답하지는 않았다.

잠시 청년을 바라보더니 이윽고 침착한 목소리로 대꾸했다.

"오랜만이군. 그 일이 있고 나서 몇 년이나 됐지?"

"한 10년은 되지 않았을까?"

"벌써 그렇게…… 그래서 키가 좀 컸군."

어안이 벙벙한 얼굴로 쳐다보는 나나미를 향해 청년이 웃으면서 고개를 끄덕였다. 새침한 고양이조차 희미하게 미소를 지은 것처럼 보였다.

나나미가 황급히 고양이를 보면서 물었다.

"아는 사람이야?"

"그래. 옛 친구지."

고양이는 그리운 듯이 눈을 가늘게 뜨고 말했다.

"잘 와줬어, 2대."

청년은 다시 한 번, 이번에는 크게 고개를 끄덕였다.

2장

만들어진 자

"나나미, 괜찮아?"

전철역의 긴 계단을 올라가던 이쓰카가 고개만 돌리고 나나미를 쳐다보았다.

조금 뒤처져 있던 나나미는 잠시 숨을 돌리고 대답했다.

"괜찮아. 난 천천히 올라갈게."

가슴에 살며시 손을 대보았지만 지금으로선 위험한 징후가 느껴지지 않았다.

나나미는 크게 심호흡을 하고 다시 계단을 올라갔다.

일요일 오전이라서 그런지 사람들은 그렇게 많지 않았다. 다만 전철역의 낯선 계단이 생각보다 길게 느껴졌다. 아침부터 의외로 쌀쌀해서 옷을 껴입고 오기도 했지만, 이마에 작은 땀방울이 송골 송골 맺혔다. 평소에 하지 않은 운동량과 더불어 긴장도 했기 때문이리라.

컨디션은 나쁘지 않았지만 기분 좋다고 해서 뛰어 올라가기라도 하면 무서운 일이 벌어질 것이 뻔하기에, 나나미는 한 계단씩 천천히 올라가면서 말했다.

"이렇게 멀리 온 건 처음이야."

이쓰카는 태연한 얼굴로 평소처럼 가볍게 대답했다.

"넌 매일 집과 학교와 도서관만 왔다 갔다 하니까."

"아빠도 없이 전철을 탄 것도 처음이야."

이쓰카는 살짝 놀란 표정을 지었지만, 이런 경우에 쓸데없이 동정은 하지 않았다.

"예전에 전철역에서 심한 발작을 일으켜 구급차에 실려 간 적이 있거든. 그래서 나 혼자 전철을 타는 게 불안하실 거야."

"그런데 이번엔 어떻게 허락하셨어?"

"전철을 탄다고 하지는 않았어. 너랑 잠시 놀러 갔다 오겠다고 했거든."

"맙소사……."

이쓰카는 어이없는 표정을 지었다.

"솔직하게 말하면 허락해주시지 않으니까."

나나미는 작은 웃음으로 대꾸했다.

그때 초등학생으로 보이는 아이들이 그들의 옆을 힘차게 뛰어 올라갔다. 네다섯 명의 소년들은 모두 두 계단씩 올라가며 바람처럼 나나미를 추월했다.

"얼마 전에 집에 늦게 들어간 날이 있었는데, 그때 눈물이 찔끔 날 만큼 혼났거든."

"널 걱정해서서 그래."

"그것도 그렇지만 요즘 회사 일이 많아서 힘드신가 봐. 집에 늦게 들어오시는 날도 많고, 일보다 아빠 몸을 걱정해야 하지 않을까 싶을 정도야."

예전에는 아버지가 종종 도서관에 데려가 주었지만 지금은 머나먼 추억이라고 나나미는 생각했다.

"우리 집도 마찬가지야. 부모님 모두 아침부터 밤까지 입만 열면 일, 일, 일. 자식을 방치하면서까지 맞벌이를 하는데도 계속 가난에서 벗어나지 못하다니, 정말이지 먹고살기 힘든 세상이라니까."

이쓰카의 어른스러운 말투에 나나미는 쓴웃음을 지었다.

"진짜 여기서부터 혼자 가도 괜찮아?"

나나미가 계단을 다 올라와 역의 출구에 도착하자 이쓰카가 걱정스러운 얼굴로 기다리고 있었다.

"괜찮아. 넌 오늘 궁도부 대회가 있잖아. 여기까지 데려다준 것만으로도 충분해."

"대회라고 하기에는 지방의 작은 대회이지만, 그것만 아니면 끝까지 같이 갈 수 있을 텐데."

"괜찮다니까. 여기까지 같이 와준 것만으로도 큰 도움이 됐어."
"다시 한 번 확인하지만……."
이쓰카는 활을 다시 잡으면서 나나미에게 재차 확인했다.
"그 '나쓰키 서점'에 꼭 가야 하는 거지?"
나나미는 조용히 고개를 끄덕였다.
"아직 뭐가 뭔지 잘 모르겠지만 몇 가지 확인할 게 있어."
 제대로 된 대답이 아니라는 건 알고 있지만 달리 대답할 말이 없었다. 어쨌든 그 기묘한 사건 이후로 아직 일주일밖에 지나지 않았다.

 그날, 푸른빛의 통로를 지나서 돌아온 곳은 출발한 도서관이 아니라 나나미가 모르는 곳이었다.
 도서관과 똑같이 통로 양쪽에 책장이 나란히 있었지만 완전히 다른 광경이었다. 양쪽을 가득 메운 커다란 책장은 투박한 철제가 아니라 오랜 세월이 느껴지는 목제였고, 관리를 잘했는지 반짝반짝 윤기가 감돌았다. 천장에는 복고풍 램프가 군데군데 켜져 있었고, 긴 통로 중간쯤에 자리 잡은 책상에는 아름다운 도자기 티세트가 놓여 있었다.
 그곳까지 안내해준 청년이 말했다.
"여긴 나쓰키 서점이야. 난 나쓰키 린타로고."
 그렇게 이름을 말했을 때, 안경 너머로 빛나던 온화한 눈빛을 나나미는 지금도 똑똑히 기억하고 있다.

하지만 그것 이외의 다른 기억이 모호한 것은 천식 발작이 완전히 가라앉지 않았기 때문이다. 린타로는 아직 거칠게 숨을 쉬는 나나미를 의자로 데려가 앉힌 뒤 담요를 덮어주고 홍차를 내주었다.

따뜻한 홍차를 마시고 가까스로 호흡이 진정됐을 때는 고양이의 모습도 사라지고, 푸른빛의 통로가 있던 곳은 평범한 나무 벽으로 바뀌어 있었다.

"서점에서 문단속을 하고 있는데, 갑자기 안쪽 벽이 푸르스름하게 빛나더군."

아직 멍하니 앉아 있는 나나미에게 린타로는 그렇게 설명했다.

"오랜만이라서 깜짝 놀랐지만, 어쨌든 가야 한다고 생각해서 들어갔어. 그랬더니 너희가 있더라고."

린타로는 아무 일도 아닌 것처럼 그렇게 말했다. '오랜만'이라는 말의 의미를 자세히 설명하려고도 하지 않았다.

"그걸 설명하는 건 간단한 일이 아니야. 소중한 책의 내용을 짤막하게 설명할 수 없는 것과 똑같지 않을까?"

"무슨 말인지 알 것 같아요."

나나미는 찻잔을 두 손으로 감싼 채 힘차게 고개를 끄덕이며 말했다.

"저도 『검이여, 잘 있거라』(『삼총사』 시리즈의 11번째 작품. 한국에 번역 출간되지 않아 일본 제목을 따랐다.–옮긴이)의 감동을 말로 설명하라고 하면 곤란하거든요."

린타로는 빙긋이 웃음으로 대꾸했다.

책상 위에 놓인 작은 탁상시계는 저녁 7시가 조금 지난 시각을 가리키고 있었다.

그토록 많은 일들이 있었는데도 생각보다 시간이 오래 지나지는 않았지만, 중학교 2학년 소녀가 돌아다닐 시간은 아니었다. 더구나 나쓰키 서점은 나나미가 사는 지역에서 상당히 떨어져 있어서, 린타로가 차로 집까지 데려다주었다.

모든 일들이 꿈만 같았다. 너무나 많은 사건이 일어나서 눈이 빙빙 돌 것 같았지만, 가장 힘들었던 것은 그다음이었다.

집에서 아버지가 험상궂은 얼굴로 나나미를 기다리고 있었다. 어쩌면 아버지가 아직 집에 들어오지 않았을 수도 있다는 실낱같은 기대는 물거품처럼 사라졌다.

"이런 시간까지 어디를 싸돌아다닌 거야!"

나나미는 윽박지르듯 캐묻는 아버지의 마음도 충분히 이해할 수 있었다. 집과 학교와 도서관만 왔다 갔다 하는 게 고작인 딸이 저녁때까지 집에 들어오지 않은 것이다.

그렇다고 고양이와 성과 회색 남자에 관해 말할 수는 없었다. 일단 이쓰카의 집에 놀러 간 것으로 말을 맞추고, 그다음은 진심으로 용서를 구해 가까스로 아버지의 화를 누그러뜨렸다.

한 시간 가까이 마주 앉아 설교를 들으면서, 이런 식으로 둘이 오랫동안 마주 앉아 있는 것도 오랜만이라는 엉뚱한 생각이 머릿속을 가로질렀다. 이것은 그만큼 아버지와 함께한 시간이 줄어들었다는 증거이리라. 가끔 아버지가 집에 일찍 들어와도 피곤에 지친 옆얼굴을 보는 정도였고, 차분하게 대화를 나누는 일은 거의 없었다.

겨우 아버지에게 해방되어 얌전한 얼굴로 자기 방으로 돌아가면서, 나나미는 머리의 절반으로는 반성하면서도 나머지 절반으로는 다른 생각을 했다.

방에 들어가자마자 주머니에서 재빨리 꺼낸 것은 메모지였다.

'또 언제든지 와도 돼.'

헤어질 때 그렇게 말하면서 린타로가 건넨 종이에는 나쓰키 서점의 주소와 지도가 적혀 있었다.

고양이와 청년과 신비한 서점. 아버지에게 야단맞았다고 해서 가지 않을 수는 없었다.

'내가 이렇게 대담하고 뻔뻔한 성격이었나?'

스스로 어이없어하면서도 나나미는 이쓰카에게 의논하기로 마음먹었다.

"나쓰키 서점까지 가는 길은 알고 있지?"

이쓰카의 목소리를 듣고 나나미는 정신이 들었다. 린타로가 준 지도가 있다곤 하지만 낯선 지역을 혼자 가는 건 처음이었다. 주변을 둘러보니 버스 정류장도 있고 택시 승강장도 있으며, 그 너머에는 수많은 상점들이 늘어서 있었다. 어디에나 있는 전철역 앞의 번화가였지만, 나나미에게는 그곳에 발길을 내딛는 것이 작은 모험이었다.

이쓰카는 나나미와 함께 오가는 차들을 바라보면서 태연하게 말했다.

"그 서점에 가면 말하는 고양이를 만날 수 있어?"

나나미는 친구의 얼굴을 힐끔 쳐다보았다.

"이쓰카, 안 믿는구나?"

"그런 말을 믿는 사람이 어딨어?"

"그런가?"

나나미는 쓴웃음을 지으면서 물었다.

"그럼 왜 여기까지 같이 와준 거야?"

"친구니까."

그런 말을 느물거리지 않게 할 수 있는 사람이 이쓰카라는 친구다.

기회만 있으면 나나미도 이쓰카에게 힘이 되어주고 싶지만, 자신이 할 수 있는 일에는 한계가 있었다. 적어도 이 친구에게만은 거짓말을 하고 싶지 않아서, 일주일 전에 있었던 신비한 사건에 관해 숨김없이 말했다.

이쓰카는 황당한 표정을 지었지만, 그래도 끝까지 웃음을 터트리거나 나나미의 말을 가로막지는 않았다. 다 듣고 나서 이렇게 물었을 뿐이다.

"그래서 내가 할 수 있는 일이 있어?"

물론 나나미의 대답은 정해져 있었다.

"먼 곳에 가야 하는데 같이 가달라고 했을 때는 솔직히 머리 검사라도 받으러 가나…… 그렇게 생각했거든."

"이쓰카, 나 화낸다."

"농담이야, 농담. 그럼 조심해. 무리하지 말고."

이쓰카는 평소와 다름없는 얼굴로 검은 천으로 감싼 활을 들어 올렸다. 등을 돌리고 가려는 친구를 나나미는 황급히 불러 세웠다.

"이쓰카."

"왜?"

"다음에 고기찐빵 사줄게."

이쓰카는 가볍게 눈썹을 움직였지만 "그래"라고 평소와 똑같이 대답하더니 몸을 빙글 돌리고 계단을 내려갔다.

나나미는 친구의 등을 바라보면서 지도를 주머니에 넣은 뒤 낯선 거리로 걸음을 내딛었다.

상점가를 지나 모퉁이를 두 번쯤 돌아가자 어느새 한적한 주택가가 나타났다.

주변은 구릉지인지, 완만한 오르막의 양쪽에 오래된 2층짜리 기와지붕의 처마가 나란히 이어져 있었다. 경차가 인도에 올라와 있거나 어린이용 자전거가 겹치듯 서 있거나, 뜬금없이 자동판매기가 놓여 있거나 하는 길을 나나미는 자신의 속도에 맞춰 천천히 걸어갔다. 근처에 초등학교라도 있는지, 전철역에서 본 아이들과 비슷한 또래 몇 명이 축구공을 한 손에 들고 힘차게 달려갔다.

이윽고 나나미는 작은 2층짜리 건물 앞에서 걸음을 멈췄다. 반질반질한 격자문에서 '나쓰키 서점'이란 나무 팻말을 발견한 것이다. 일주일 전에 왔던 곳이지만, 그때는 주변 경치는 물론이고 서점의 외관을 살펴볼 여유도 없었다. 새삼스레 둘러보자 햇볕이 잘 드는 출입문 앞에는 화분이 나란히 놓여 있고, 새빨간 포인세티아가 바람에 흔들리고 있었다. 특별한 장식도 없는 간소한 모습은 서점이라기보다 골동품 가게처럼 보였지만, 그 청년의 온화한 인상이나 신비한 모습과 일치해서 나나미는 무심코 고개를 끄덕였다.

격자문을 열고 들여다보니 마치 예상하고 있었던 것처럼 온화한 목소리가 들렸다.

"멀리까지 오느라 수고했어, 나나미 양."

가늘고 긴 통로의 중간쯤, 금전등록기가 놓인 책상 뒤쪽에 린타로가 서 있었다.

"안녕하세요."

긴장하면서 인사하고 나나미는 새삼 안을 둘러보았다.

서점의 내부는 결코 넓지 않았지만 안쪽은 꽤 깊었다. 좁고 긴 통로의 양쪽으로 천장까지 붙박이로 세워진 중후한 책장에는 책이 빼곡히 꽂혀 있었다. 중간쯤의 책상 뒤쪽에는 2층으로 올라가는 계단이 있었는데, 린타로는 마침 그곳에서 내려온 참인 듯했다.

"그 뒤로 몸은 괜찮아?"

배려가 넘치는 따뜻한 목소리를 듣고 나나미는 황급히 대답했다.

"네, 괜찮아요. 걱정 끼쳐서 죄송해요."

"그보다 더 큰 걱정은 손으로 대충 그려준 지도를 보고 제대로 찾아올 수 있을까 하는 거였는데, 예상했던 대로 나나미 양은 아주 야무지군."

"중학생이니까요. '나나미 양'이라고 하시니까 왠지 쑥스러워요."

스스럼없이 그렇게 말할 수 있는 것도 린타로의 부드러운 분위기 덕분이었다. 린타로는 웃으며 고개를 끄덕이고 나서 옆에 있는 의자를 권했다.

"그럼 일단 홍차를 대접하지, 나나미."

자주 오는 단골손님이라도 맞이하는 듯한 자연스러운 모습이었다. 이곳에서는 신비한 사건이나 특별한 만남이 매우 자연스러운 일처럼 여겨졌다.

"이제 슬슬 오지 않을까 생각하던 참이었거든."

끓는 물을 티포트에 따르면서 린타로가 말했다.

"어떻게 아셨어요?"

"알아서 그런 건 아니고……."

린타로는 살짝 고개를 갸웃거리며 말을 이었다.

"왠지 그런 느낌이 들었어."

정말로 기묘한 사람이라고 나나미는 생각했다.

당황하거나 놀라는 모습은 상상하기 힘들었다. 애초에 린타로에게 나나미는 상당히 기묘한 손님일 것이다. 이 서점에 처음 왔을 때, 입구로 들어온 게 아니라 막다른 벽에서 나타났으니까. 물론 갑자기 구해주러 나타난 린타로의 존재도 나나미에게는 기묘했지만, 그런 일을 성급하게 캐묻는 분위기는 조금도 없었다. 린타로는 어디까지나 다정하게 맞이해주었다.

린타로가 익숙한 손놀림으로 홍차를 준비하는 사이에 나나미는 서점 안을 둘러보았다.

톨스토이, 헤세, 카프카, 니체 등 대단한 작가들의 책이 전집으로 꽂혀 있었다. 도스토옙스키는 그곳에 있는 것만으로 위압적이었지만, 가와바타 야스나리(일본 최초의 노벨문학상 수상자-옮긴이)나 나쓰메 소세키(일본 최초의 근대문학가-옮긴이)의 이름은 한자漢字라서 그런지 왠지 친밀감이 들었다. 개중에는 나나미가 읽은 책도 있지만 이런 중후한 문학의 세계에는 아직 초입에 서 있을 뿐이다.

호사스런 천으로 감싼 『일리아스』나 아름다운 당초 문양 디자인의 『캔터베리 이야기』(영국 작가 제프리 초서가 쓴, 영어로 인쇄된 최초의 이야기 모음집-옮긴이)는 장정을 보기만 해도 손에 들고 싶어진다. 카렐 차페크(체코슬로바키아의 극작가이자 소설가. '로봇'이라는 단어의

창시자-옮긴이)의 『로봇』이나 토마스 만(20세기 독일 문학의 최고봉으로 꼽히는 작가-옮긴이)의 『마의 산』은 제목에 이끌려 언젠가 꼭 읽고 싶었던 작품이다.

한 권 한 권이 소중하게 놓여 있음을 알 수 있었다. 요전에는 이렇게 바라볼 여유가 없었지만 지금은 보기만 해도 가슴이 쿵쾅거려서, 나나미는 잠시 황홀한 눈길로 책장을 올려다보았다.

"정말 아름다운 서점이에요."

"재미있는 평가군. 오래됐다거나 신기하다는 말은 많이 들었지만 아름답다는 말은 처음 들어."

"정말 아름다워요."

"마음에 드는 책이 있으면 가져가도 돼."

린타로가 두 개의 찻잔에 티포트를 기울이자 달콤함을 머금은 상큼한 향기가 희미하게 흘러나왔다.

"여긴 도서관이 아니잖아요."

"괜찮아. 읽고 나서 돌려줘도 원래와 똑같아. 여긴 고서점이니까."

서점의 주인답지 않은 말을 듣고 나나미는 웃음을 터뜨렸다.

"린타로 오빠는 왠지 뭐든 다 알고 있는 것 같아요."

"왜?"

"너무나 이상한 일만 일어나고 있는데 아무것도 묻지 않고, 전부 다 아는 것 같으니까요."

"그런 건 아니야. 단지 선배라고나 할까?"

린타로는 '선배'라는 흔한 단어 이외에 다른 말은 붙이지 않았다.

아무 말이나 덧붙인다고 해서 반드시 상대에게 전해지는 건 아니다. 오히려 급히 서두를수록 답에서 멀어지기도 하니까. 긴 계단을 서둘러 뛰어 올라가면 천식 발작으로 움직일 수 없게 되지만, 한 걸음씩 천천히 올라가면 언젠가 반드시 출구에 도착한다는 것을 나나미도 알고 있다.

"아마 그럴 거야. 계속 기다리고 있었어."

린타로가 불쑥 그렇게 말했다.

그는 익숙한 동작으로 나나미 앞에 찻잔을 내려놓은 뒤, 자신의 찻잔을 들고 책장에 등을 기댔다.

"이 세상에 차갑고 공허한 기운이 조금씩 퍼지고 있는 느낌이 들었거든. 왜 그런 느낌이 들었는지는 설명할 수 없지만 기분 탓은 아니었을 거야."

"차갑고 공허한 기운이요?"

"어떻게 말해야 할지 모르겠지만 그렇게밖에 표현할 수 없는 기운이야. 그 공허한 기운이 조금씩 사람의 마음을 무너뜨리고 있어."

"회색 남자들 말인가요?"

나나미는 반사적으로 대답했다.

양복을 입은 회색 얼굴의 남자가 머릿속에 떠올랐다. 핏기 없는 얼굴에 냉담한 눈빛의 장군. 그리고 그를 에워싸듯 서 있는, 똑같은 회색 얼굴의 수많은 병사들.

린타로는 잠시 침묵했다가 나나미를 보면서 천천히 입을 열었다.

"넌 나보다 지금의 상황에 대해 더 잘 아는구나."

그리고 찻잔 속으로 시선을 떨구며 덧붙였다.

"사람은 나이를 먹은 만큼 시야가 넓어진다고는 할 수 없어. 소중한 건 마음으로 봐야 하는데, 마음의 눈은 눈 깜짝할 사이에 흐려지거든. 어린 시절 그렇게 소중히 여겼던 책을 시간이 지나면서 잊어버리는 것처럼, 저도 모르는 사이에 소중한 걸 점점 잃어버리고서 그만큼 몸이 가벼워졌다고 생각하는 거지."

"린타로 오빠도 그렇다는 건가요?"

"최대한 조심하려고 하는데, 그런 건 생각대로 되지 않거든. 특히 이런 일을 하고 있으면 말이야. 잘 팔리는 책이 좋은 책이라든지, 돈을 벌어야만 제 몫을 하는 사람이라든지……. 어느새 현실에 끌려가게 되니까."

온화한 미소에 어른스러운 고뇌가 더해졌다. 나나미는 한순간 린타로의 옆얼굴에서 아버지의 모습을 보았다.

"그런데 네가 와줬어."

린타로가 찻잔에서 나나미에게로 시선을 옮겼다.

"제가요?"

"기다리고 있었다면 조금 과장스럽게 들릴지도 몰라. 하지만 마음 한쪽에선 너 같은 사람이 오기를 기다리고 있었을 거야."

린타로가 찻잔을 책상에 놓고 뒤를 돌아보며 물었다.

"그렇지, 파트너?"

나나미는 흠칫 숨을 들이마셨다.

조금 전까지 나무 벽으로 막혀 있던 서점 안쪽이 희미한 푸른빛에 감싸여 있었다. 그 빛을 등지고 새침한 얼굴의 얼룩고양이가 앉아 있었다.

푸르스름한 빛 속에 앉아 있는 고양이는 틀림없이 나나미가 일주일 전에 만났던 그 얼룩고양이였다. 곤두선 이등변삼각형 귀도, 비취색 눈동자도, 수평으로 쭉 뻗은 은색 수염도 전부 기억 속 그대로였다.

"다시 만나서 영광이야, 나나미."

나지막한 목소리도 나나미의 귀에 남아 있는 그대로였다. 순간적으로 일어서려고 하는 나나미를 고양이는 살며시 머리를 가로저으며 제지했다.

"괜찮으니까 그냥 앉아 있어. 물론 전력 질주할 시간도 아니야."

푸른빛 속에서 걸어 나온 고양이를 나나미는 안도의 미소로 맞이했다.

"다행이야. 요전의 일은 전부 꿈이고 이제 못 만나는 게 아닐까 했거든."

"유감스럽지만 꿈이 아니야. 그리고 그건 기쁜 일이 아니라 안타까운 일이고."

고양이는 크게 숨을 내쉬며 덧붙였다.

"어쨌든 일단 사과해야겠지. 널 위험하게 만들었으니. 미안해."

나나미는 곧바로 고개를 가로저었다.

"내가 데려가 달라고 부탁했는데, 뭐."

듣기 좋은 말로 '부탁'이지, 목덜미를 잡고 "이대로 계속 들고 있을 거야"라고 협박을 했다. 원망하지 않는 것만으로도 나나미는 고마웠다.

발밑까지 온 고양이를 보면서 나나미는 몸을 앞으로 내밀고 물었다.

"그보다 나를 기다렸다니, 무슨 뜻이야?"

고양이가 비취색 눈을 빛내며 말했다.

"결론을 서두를 일은 아니야. 난 분명히 마음이 강한 자를 기다리고 있었지. 빼앗긴 책을 되찾기 위해선 그 힘이 필요하니까. 하지만 그 사람이 너라곤 말하지 않았어."

"비뚤어진 건 여전하군."

그렇게 말한 사람은 린타로였다.

말이 끝나기가 무섭게 고양이의 영리한 시선이 움직였다.

"2대, 안일하게 이 소녀를 끌어들이면 안 돼. 이번 상대는 우리와는 다른 세계의 주민이야. 더구나 어마어마한 힘을 가지고 있지. 무슨 일이 일어날지 예측할 수도 없잖나?"

"그렇다고 이대로 계속 책이 사라지는 걸 지켜볼 셈이야?"

린타로의 날카로운 반박에 고양이의 눈빛이 더욱 예리해졌다.

"물론 이 소녀의 마음은 확실히 강해. 하지만 강한 것만으론 위험할 때가 있어. 그 미궁에서 억지로 책을 빼앗아 도망쳐 나오는 건 무모하다고 할 수밖에 없어."

"하지만 그렇게 해서 한 권을 되찾아 왔잖아? 지금까지는 한 권도 되찾지 못했으면서."

린타로의 말에 고양이는 입을 다물었다.

"이 세상에는 이치만으로는 뛰어넘을 수 없는 게 있어. 나나미는 그걸 알 수 있지 않을까? 그런 수단이 필요한 상대라는 걸 말이야."

고양이와 린타로는 말없이 서로를 바라보았다.

고양이는 날카로운 눈길로 린타로를 쏘아보았지만 더는 고집을 부리지 않았다. 반면에 린타로는 온화한 말투로 반박하면서도 고양이한테서 눈길을 돌리지 않았다.

"내 생각에 이 소녀는 단지 용감하기만 한 건 아닌 것 같아."

"그건 그래. 용감하고 현명하며 배짱도 있는 소녀지. 10년 전의 무기력하고 성격이 어두운 고등학생한테 보여주고 싶을 정도야."

"그 점에 대해선 반박할 말이 없어."

쓴웃음이 섞인 린타로의 대답을 듣고 고양이는 가볍게 코웃음을 쳤다.

나나미가 그들의 모든 대화를 이해한 것은 아니었다. 하지만 긴장감이 돌면서도 어딘가에 따뜻한 공기가 떠다니는 듯한 두 사람의 대화는 서로에 대한 흔들림 없는 신뢰에서 비롯된 듯했다. 그런 두 사람이 자신에 관해 진지하게 말하는 걸 보니 왠지 쑥스럽고 간지러운 느낌이 들었다.

나나미는 잠시 말없이 상황을 지켜보다가 홍차를 한 모금 마신 뒤, 따뜻한 찻잔을 두 손으로 감싼 채 고양이를 쳐다보며 말했다.

"어쨌든 넌 또 날 만나러 왔어. 내가 뭔가 할 수 있는 일이 있다는 거 아냐?"

고양이는 반쯤 어이없는 표정을 지었다.

"넌 정말 대단한 아이구나. 그토록 무서운 일을 당하고도, 스스로 속편을 기대하는 거야?"

"한번 읽기 시작한 책은 반드시 끝까지 읽고 마는 성격이거든. 무서운 이야기든 어려운 이야기든 끝까지 읽지 않으면 뭐가 쓰여 있는지 모르잖아. 더구나 이대로 내버려두면 그자들은 또 책을 가져갈 거야."

"그 회색 장군은 그럴 생각이겠지. 필요한 일이라고, 장군 자신이 단언한 걸 보면."

"그것만이 아니야. 성안에는 그것 말고도 다른 책들이 많이 있었잖아?"

"너는 진심으로 거기에 있는 책을 되찾아 오려고 하는구나."

"그러기 위한 마음의 준비는 돼 있어."

나나미는 어깨에 메고 있던 큰 가방을 들어 올려 책 한 권을 꺼냈다. 낡은 그 책은 그날 힘들게 되찾아 온 『기암성』이었다.

고양이는 그 낡은 책을 바라볼 뿐 대답하지 않았다. 다시 찻잔을 들어 올린 린타로도 아무 말 하지 않고 그대로 지켜보았다.

한동안 침묵하며 생각에 잠긴 끝에, 고양이가 조용히 입을 열었다.

"넌 어떻게 그토록 용감하지?"

이번에는 나나미가 생각에 잠길 차례였다.

"넌 이대로 나쓰키 서점에서 좋아하는 책을 빌려 마음껏 읽고, 다른 건 전부 잊어버릴 수 있어. 그런다고 해서 널 비난할 사람은 아무도 없고, 장군 각하의 불쾌한 연설을 들을 일도 없지."

"또한 머스킷 총을 든 소름 끼치는 남자들에게 쫓길 일도 없고?"

"잘 아는군."

"하지만 안 돼. 난 거기 가야만 해."

강한 의지가 담긴 나나미의 말을 듣고 고양이가 눈을 가늘게 뜨며 물었다.

"왜지?"

"뭐라고 말해야 할까?"

나나미는 쓴웃음을 지으며 말을 이었다.

"어떻게 말해야 할지 모르겠지만 보고도 못 본 척하면 나중에 후회하지 않을까? 지금까지 여러 가지를 포기해왔지만 가장 중요한 것만은 양보하고 싶지 않아."

"가장 중요한 것?"

나나미는 크게 고개를 끄덕이고 손에 들고 있는 『기암성』의 표지를 다정하게 쓰다듬었다.

혼자 집에 있을 때 몇 번이나 읽었던 책이다. 촉감까지 기억하고 있다. 나나미에게 그 책은 단순한 종이 다발이 아니라 고독한 시간을 함께해준 소중한 친구였다.

"말했잖아. 난 소중한 책은 잊지 않는다고."

그때 서점 안쪽에 있는 책의 통로에서 뿜어 나오는 푸른빛이 강해졌다. 서점 안까지 환하게 밝아지자 나나미는 너무나 눈이 부셔서 눈을 가늘게 떴다. 빛을 등진 고양이의 새카만 윤곽이 나나미의 눈에 들어왔다.

"아무래도 네 힘을 빌려야겠군."

고양이의 나지막한 목소리가 들렸다.

부드럽게 흔들리는 빛 속에서 아름다운 은색 수염이 보석처럼 반짝였다.

"나와 함께 가주겠어?"

"물론이야."

"상대는 크고 넌 작아. 내가 할 수 있는 말은 지난번과 똑같아. 이 앞쪽은 위험해."

"내 대답도 똑같아. 괜찮아."

"좋은 말이군. 근거가 없는 게 옥에 티지만."

"그것도 괜찮아. '근거는 없어도 희망은 되살아나. 희망이란 그런 거니까.'"

고양이가 비취색 눈을 약간 크게 떴다.

나나미의 옆에서 말없이 지켜보던 린타로가 즐겁게 웃었다.

"『톰 소여의 모험』이군. 좋은 말이야."

"그래, 좋은 말이야. 하지만 그건 아이들의 순수한 모험만을 그린 작품이 아니야. 밑바닥에는 슬픔이 넘치지."

나나미가 곧바로 대꾸했다.

"하지만 슬픔과 똑같이 따뜻함도 넘쳐."

"……그래, 그럴지도 모르지."

고양이는 짧게 대답하고 이번에는 린타로를 보았다.

"아무래도 함께 갈 수 없을 것 같군, 2대."

고개를 끄덕이는 린타로를 보면서 나나미는 깜짝 놀랐다.

"같이 갈 수 없어요?"

"저기 봐, 책의 통로를."

린타로가 가리킨 곳을 보고 나나미도 알아차렸다. 푸른빛을 내뿜는 책의 통로는 지난번에 봤을 때보다 훨씬 작았다. 폭은 한 사람이 통과하기에 문제없지만 높이는 나나미의 키보다 약간 높은 정도라서 어른이 지나가기는 힘들었다. 즉, 린타로의 키보다 훨씬 작은 것이다.

"책의 힘이 약해지고 있어. 억지로 들어가면 갈 수는 있겠지만 그런 방법은 옳지 않아. 육체적인 힘은 아무것도 해결하지 못해. 해결한 것처럼 보일 뿐이지."

린타로는 책장에서 몸을 떼고, 의자에 앉은 나나미 앞에 한쪽 무릎을 꿇었다. 린타로가 나나미를 올려다보는 모습이었다.

"걱정할 거 없어. 필요하면 구하러 갈 길은 또 저절로 열리게 마련이니까."

"지난번처럼요?"

"그래."

그렇다, 나나미도 그렇게 생각한다.

"나나미, 잊어서는 안 돼. 저 통로 너머에서 가장 강한 건 진실과 마음의 힘이라는 걸. 네게 천식이 있느냐 없느냐도 상관없어."

린타로는 고양이를 힐끔 쳐다보고 나서 덧붙였다.

"네 시중꾼인 고양이가 약간 불쾌한 표정을 지어도 상관없고."

나나미는 어깨를 들썩이며 웃었다.

그러고는 따뜻한 홍차를 다 마시고 의자에서 일어나 고양이에게 다가갔다. 푸른빛의 통로 앞에서 돌아보자 램프의 부드러운 빛 아래에서 린타로가 배웅하고 있었다.

나나미는 크게 숨을 들이쉬고 목소리에 힘을 담아 말했다.

"다녀올게요!"

다음 순간, 푸른빛이 강해지면서 나나미와 고양이를 감쌌다.

나나미는 아버지와 같이 도서관에 처음 간 날을 지금도 어렴풋이 기억하고 있다.

초등학교에 들어가기 전이었다. 아버지는 오후 일찍 일을 마치고 어린이집으로 나나미를 데리러 왔다. 원래 책을 좋아했던 아버지는 매일 저녁 식사를 마친 후 나나미에게 그림책을 읽어주곤 했는데, 어느 날 새 책을 빌리러 가자고 하면서 어린이집이 끝나고 데려간 곳이 도서관이었다.

마을 안에 조용히 웅크리고 있는 거대한 건물의 웅장한 모습만으로도 압도되었지만, 안으로 한 발 내딛은 순간에는 소리도 지르지 못하고 눈을 휘둥그레 떴다. 높은 천장과 넓은 공간, 쭉 늘어선 책장과 그것을 가득 메운 셀 수 없을 만큼 수많은 책들. 독특한 정적이 흐르고 코를 찌르는 오래된 종이 냄새가 났다.

모든 것이 처음이었다. 천식으로 인해 공원을 뛰어다닐 수조차 없었던 나나미에게 도서관은 크기만으로도 놀라움이었지만, 눈에 보이는 것보다 훨씬 광대한 세계가 있다는 것을 금세 알게 되었다.

『몽글 몽글 몽글』(일본의 시인이자 아동문학가 다니카와 슌타로의 그림책-옮긴이)은 몇 번이나 읽어서 전부 외울 정도였다. 작은 들쥐가 활약하는 그림책 『프레드릭』을 너무나 좋아해서, 빌려 온 책인데도 침대에 가져가서 읽다가 잠든 날도 있었다. 자기 전에는 시인인 들쥐의 약간 쑥스러운 듯한 웃는 얼굴을 질리지도 않고 계속 보기도 했다. 달님이 있는 곳까지 사다리를 놓는 이야기도, 추위하면서 선

물을 나눠주는 산타클로스 이야기도, 『잠 안 자는 아이 누구?』(일본의 아동문학가 세나 게이코의 그림책-옮긴이)라는 무서운 말도 나나미는 모두 도서관에서 만났다.

"또 도서관에 가자고?"

사흘에 한 번은 도서관에 가자고 조르는 나나미를 보면서 아버지 세이이치로는 어이없는 표정을 지었다. 하지만 어이없는 얼굴은 곧 쓴웃음으로 바뀌었고, 이내 도서관으로 핸들을 꺾었다.

도서관에는 천식이 있는 작은 손님을 위엄 있는 얼굴로 맞이해 주는 하얀 수염의 노인이 있었다.

"넌 도서관에 있는 책을 전부 읽을 작정이냐?"

닥치는 대로 그림책을 읽어나가는 나나미를 보면서, 사서인 하무라 노인은 빙긋이 웃지도 않고 그렇게 말했다.

나나미는 처음에 노사서의 모습에서 고성의 지하 감옥에 있는 못된 마법사를 떠올리고 아버지의 뒤에 숨곤 했지만, 이윽고 이 마법사의 눈가에 다정한 빛이 감돌고 있다는 사실을 알아차렸다. 휴일에 나나미가 아버지와 같이 창가 자리에서 책을 읽고 있으면 하얀 수염의 마법사가 어슬렁어슬렁 다가와 아무렇지도 않은 모습으로 책상 끝에 새 책을 놓고 가는 것이었다.

『행복한 왕자』(영국 작가 오스카 와일드의 동화-옮긴이)와 『오즈의 마법사』(미국 작가 라이먼 프랭크 바움의 아동문학-옮긴이)를 만난 것은 노사서가 가져다준 그림책이 처음이었다. 나나미의 성장에 맞춰 『찰리와 초콜릿 공장』(영국 작가 로알드 달의 아동문학-옮긴이)이나 『모험가들-간바와 15마리의 동료』(일본의 아동문학가 사이토 아쓰오의 그림책-옮긴이)를 소개해주고, 『빨강 머리 앤』이나 『셜록 홈스』 전집도 소개해주었다. 물론 『괴도 뤼팽』 전집을 만난 것도 이 시기였다.

초등학교 6학년 때는 뒤마의 『삼총사』를 손에 들었다. 열 권이 넘는 이 장대한 작품에 정신없이 빠진 나나미는 파란 바탕에 하얀 십자가가 그려진 총사대의 아름다운 깃발과, 아토스와 아라미스의 활약을 꿈에서까지 보기에 이르렀다.

도서관에 가면 나나미의 세계는 얼마든지 넓어졌다. 세계가 넓어지는 것만이 아니었다. 책은 고독과 외로움에서 나나미를 구해주는 힘도 가지고 있었다.

천식을 앓고 있는 나나미는 학교에 가도 친구와 놀러 다닐 수 없었다. 아버지도 점점 바빠져서 같이 도서관에 가는 일이 줄어들었다. 그런 나나미를 기다리고 있는 것은 조용한 집과 기나긴 고독의 시간이었다. 그 고요하고 캄캄한 시간을 나나미는 묵묵히 극복해왔다. 그럴 수 있었던 것은 책 덕분이었다. 그것이 올바른 방법이었는지는 모른다. 하지만 책은 분명히 나나미와 함께했고, 많은 것을 가르쳐주었다.

긍지 높은 삼총사에게는 역경에도 쓰러지지 않는 용기를.

어스시의 위대한 마법사에게는 청렴과 인내를.

에이해브 선장과 필리어스 포그 경에게는 불굴의 정신을.

명탐정과 대도적에게는 배려와 유머를.

그리고 모든 책으로부터, 가방 속에는 반드시 천식약과 함께 희망이 들어 있다는 사실을.

그래서…… 나나미는 가슴속으로 소리를 질렀다.

'이번에는 내가 책을 구할 차례야!'

그것이 나나미가 나름대로 내린 작은 결심이었다.

푸른빛이 멀어진 건너편에는 돌로 지어진 거대한 성이 우뚝 솟아 있었다.

나나미는 손차양을 하고 성을 바라보았다. 기묘한 위화감이 든 것은 성의 모습이 지난번과 좀 다르게 보여서였다.

생각 탓인지 성벽이 약간 높아진 듯했다. 펄럭이는 깃발의 개수와 그 밑에 서 있는 회색 병사들의 수도 늘어났다. 지난번에 왔을 때는 성벽 위에 병사 몇 명이 직립부동의 자세로 드문드문 서 있을 뿐이었지만, 지금은 인원수도 늘어나고 순찰하는 소규모 부대의 모습도 보였다. 어마어마한 광경 너머에는 몇 개의 첨탑이 솟구쳐 있었다.

"또 힘이 커진 것 같군."

고양이의 중얼거림을 듣고 나나미는 손차양을 한 채 대꾸했다.

"또라니? 저 성은 네가 올 때마다 커지고 있다는 거야?"

"그래. 예전에는 이렇게까지 눈에 띄게 크진 않았어. 변화가 있긴 해도 느긋하고 완만했지. 하지만 최근에는 놀라울 만큼 세력이 커지고 있어."

고양이가 씁쓸한 목소리로 중얼거렸다.

"어떡하지? 지난번에도 병사들한테 쫓겨 다녔는데, 경비가 훨씬 삼엄해진 성에 들어갈 수 있을까?"

"방법은 두 가지야. 문으로 들어가든지, 저 성벽을 뛰어넘든지."

"그건 아무 생각도 하지 않았단 말이랑 뭐가 달라?"

"어려운 상황일수록 유머가 중요한 법이지."

고양이는 진지하게 말하고는 성문을 향해 똑바로 걸어갔다.

"녀석은 너한테 관심을 가지기 시작했어. 여기서 총을 쏘거나 하진 않아."

"만약 총에 맞으면?"

"그때는……."

고양이는 발길을 멈추지 않고 성벽을 올려다보면서 덧붙였다.

"다시 한 번 너와 함께 전력 질주를 하는 수밖에."

고양이의 말처럼 총에 맞는 일은 없었다. 널다리의 양쪽에 서 있던 회색 얼굴의 병사들은 무표정하게 지난번과 똑같이 경례를 했을 따름이었다.

"들여보내 주는군."

"잘됐다."

별 의미 없는 대화를 나누며 성문으로 들어가 보니 성안의 모습도 많이 달라져 있었다.

지난번에는 흙먼지가 춤추는 맨땅이었던 통로에 지금은 가지런히 돌판이 깔리고, 그 위를 한 무리의 회색 병사들이 빠른 걸음으로 지나갔다. 여전히 아무런 특징도 없는 똑같은 얼굴에 표정이라고 할 수 있는 건 보이지 않았다. 다만 성 안쪽으로 들어가는 병사들은 아무것도 가지고 있지 않았지만, 안쪽에서 나오는 병사들은 하나같이 두 손으로 커다란 나무 상자를 들고 있었다. 성 밖으로 무언가를 운반하는 것 같았지만, 대화도 없이 발소리만 울리며 바쁘게 오가는 모습은 음침하다고 할 수밖에 없었다.

이윽고 눈에 익은 광장으로 들어가자 활활 타오르던 불길은 이미 꺼지고, 그을음으로 거무칙칙해진 제단과 산더미처럼 쌓인 잿더미가 남아 있을 뿐이었다.

"책을 불태우는 건 그만뒀나 봐."

"좋은 소식이군. 아직도 그런 만행을 저지르는 자가 있으면 뒤에서 불길 속으로 밀어버리려고 했는데."

"그것도 유머야?"

고양이는 대답하지 않고 성으로 이어지는 정면 계단으로 눈길을 돌렸다. 나무 상자를 든 병사들이 그곳에서 나오고 있었다.

나나미와 고양이는 얼굴을 마주 보고 나서 광장을 가로질러 계단을 올라갔다. 그러는 사이에도 병사들이 나무 상자를 들고 안쪽

너를 지키려는 고양이

에서 끊임없이 나왔다. 그와 동시에 성의 안쪽에서 무거운 물건이 작동하는 묵직한 소리가 들렸다.

"지난번에는 이런 소리가 안 났는데."

"그래. 큰 기계가 돌아가는 소리야."

돌계단을 천천히 올라갈 때마다 둔탁한 소리가 점점 또렷해졌다. 고양이의 말처럼 성 안쪽에 대규모의 기계공장이라도 있는 듯한 소리였다. 계단을 끝까지 올라가 안쪽을 들여다보니, 새빨간 카펫 끝에 있는 '장군의 방' 문이 활짝 열려 있었다. 문 앞에 있던 병사도 보이지 않았다.

나나미는 일단 걸음을 멈추고 심호흡으로 흐트러진 숨을 가다듬은 다음 카펫 위를 똑바로 걸어갔다. '장군의 방'을 들여다본 순간 나나미의 입에서 놀라움에 찬 소리가 흘러나왔다.

"어떻게 된 거야?"

놀란 것도 무리는 아니었다. 안쪽의 분위기가 완전히 달라진 것이다. 벽 쪽에 늘어서 있던 수많은 병사들은 그림자도 없이 사라지고, 화려했던 샹들리에의 촛불도 절반이 넘게 꺼져서 실내는 몹시 어두컴컴했다. 카펫의 양쪽에 점점이 늘어선 돌 받침대 위에는 여전히 책이 놓여 있었지만, 그토록 장군이 집착했음에도 불구하고 쓸모없는 물건처럼 방치돼서 바닥에 떨어진 책도 있었다. 『보물섬』도 『엘머의 모험』(미국 작가 루스 스타일스 개니트의 그림책-옮긴이)도 『괴도 뤼팽』 전집의 나머지 책도, 팔다 남은 헌책처럼 나뒹굴고 있었다.

"묘한 일이군."

고양이가 그렇게 중얼거린 순간, 안쪽에서 나무 상자를 든 병사가 나타났다. 나나미는 흠칫 놀라며 몸을 움츠렸지만, 병사는 그들에게 아무런 관심도 보이지 않고 그대로 눈앞을 지나갔다.

홀의 안쪽으로 눈길을 돌린 나나미는 살짝 얼굴을 찡그렸다. 막다른 곳에 있던 단상, 지난번에 호사스러운 팔걸이의자가 놓여 있던 곳에, 그때는 없던 문이 있었다. 문 앞에는 위병이 서 있었다.

나무 상자를 든 병사들은 그쪽에서 나왔고, 시끄러운 기계 소리도 그 안쪽에서 들리는 것 같았다.

고양이가 탐색하듯 말했다.

"더 안쪽이 있는 것 같군."

"그럼 당연히 가봐야지."

"모처럼 책을 쉽게 되찾을 수 있는데 가보려고? 이대로 회수해서 재빨리 도망친다는 선택지도 있어."

"그게 최선이야?"

나나미의 의미심장한 미소가 담긴 질문을 받고 고양이는 한순간 말문이 막힌 표정을 짓더니 이내 한숨을 쉬었다.

"정말이지, 배짱 한번 대단하군."

그 말을 끝으로 고양이는 걸음을 내딛었다.

고양이와 나나미가 앞으로 걸어가자 곧바로 위병이 억양 없는 목소리로 말했다.

"누구냐? 이 앞쪽은 재상 각하의 방이다."

"그 재상을 만나러 왔다."

고양이가 당당하게 대답하자 병사는 발뒤축을 울리며 자세를 바로 했다.

"재상 각하께 손님이다!"

인기척도 없는데 여기저기서 잇달아 복창하는 소리가 들리더니 천천히 문이 열렸다.

문이 다 열리기도 전에 귀를 찢는 소음이 튀어나와서 나나미는 한순간 멈칫했다. 소리와 함께 흘러나온 것은 쇠와 기름 냄새였다. 이윽고 눈앞에 펼쳐진 광경을 보고 나나미는 눈을 크게 떴다. 문 너머에 있는 것은 무질서하게 보일 만큼 몇 겹으로 배치된 무수한 강철 기계였다.

한가운데는 새빨간 카펫이 깔려 있었지만 기름과 그을음으로 뒤범벅이 된 채 지저분한 통로로 변해 있었다. 그것을 내려다보듯 양쪽에서는 도르래가 움직이고 톱니바퀴가 맞물려 돌아갔으며, 피스톤이 위아래로 오르내릴 때마다 증기가 뿜어 나왔다.

여기는 성이라기보다 공장이었다.

그 공장 안을 회색 병사들이 말없이 움직이고, 뒤얽힌 새카만 강철 사이를 하얀 종이가 계속 이동하고 있었다. 기계를 빠져나갈 때마다 종이는 조금씩 두꺼운 다발이 되어 회전하고 절단되고 압축

되더니, 마지막에는 중간쯤 있는 벨트컨베이어에서 책으로 변해 끊임없이 쏟아져 나왔다. 회색 병사들은 그것을 순서대로 나무 상자에 채워서 밖으로 가지고 나갔다.

거무칙칙한 카펫 끝에서 병사들을 감독하고 있는 양복 차림의 호리호리한 남자가 보였다. 회색 양복에 사냥모를 쓴 남자가 경쾌한 동작으로 뒤를 돌아보았다.

"어라? 신기한 일도 다 있군. 여기에 손님이 오다니."

밝게 웃으면서 그렇게 말한 사람은 다정하게 생긴 청년이었다. 회색 얼굴에 회색 양복 차림은 장군과 똑같았지만, 핏기가 없던 뺨 대신 쾌활한 미소가 감돌았다.

청년은 우아하게 모자를 벗고 깊숙이 고개를 숙였다.

"'재상의 방'에 오신 걸 환영합니다."

악의 없는 목소리에서 순수한 소년 같은 느낌이 전해졌다. 위엄에 가득 차 있던 장군과는 모든 면에서 대조적이었다.

"장군 다음은 재상인가?"

복잡한 얼굴로 중얼거리는 걸 보니 고양이 역시 당황스러움을 감추지 못하는 듯했다.

회색 재상은 그 모습을 바라보면서 미소가 끊이지 않았다.

"다시 올 줄은 꿈에도 몰랐어. 그렇게 무서운 일을 당하고도 또 오다니, 호기심이 많군."

"우리를 알고 있어?"

나나미가 물어보자 상대는 유쾌한 웃음을 터트렸다.

"성안에서 그렇게 난동을 부렸는데 어떻게 몰라? 고양이와 소녀의 대모험! 이보다 멋진 이야기가 또 있을까?"

회색 재상은 즐겁게 이야기하면서 가볍게 몸을 돌리고는 안쪽을 향해 그을음투성이의 통로를 걸어갔다. 기계들 한가운데, 그 자리에 어울리지 않게 반질반질한 검은 가죽 소파가 보였다.

재상은 소파에 편안하게 앉아 길고 가느다란 다리를 꼬았다.

"요전에 가져간 한 권만으론 불만이라서, 오늘은 나머지 책도 찾으러 온 건가?"

"불만이라든지 그런 문제가 아니야. 그건 원래 도서관 책이니까."

"하긴 그렇지. 그럼 빨리 가져가. 전부 '장군의 방'에 그대로 놓여 있잖아? 이곳엔 너희가 찾는 책이 없어."

고양이가 경계심을 적나라하게 드러내며 말했다.

"이제 와서 마음대로 가져가란 건가? 그렇게 책에 집착해놓고?"

"집착했던 건 장군이지 내가 아니야. 그리고 난 이미 필요 없다고 판단했지. 그보다 더 큰 문제는 너희가 여기 오는 거야. 너희가 오면 병사들이 동요하니까. 병사들이 내 말을 듣지 않으면 곤란하거든."

재상은 한숨과 함께 어깨를 들썩이며 획획 오른손을 휘저었다.

"아아, 걱정할 필요 없어. 난 이제 책을 가지러 갈 생각이 없으니까. 광장을 봤지? 책을 불태우는 일도 그만뒀어. 장군의 방식은 시간과 노력이 너무 많이 들거든. 그래서 난 방식을 180도 바꿨지."

재상의 말에 맞장구치듯 바로 옆에서 증기가 화려하게 솟구쳤다. 고양이와 나나미는 갑작스러운 상황의 변화를 이해할 수 없었다. 더구나 재상의 싹싹한 목소리를 듣고 있으면 마치 모든 일이 해결된 것처럼 여겨졌다.

나나미가 신중하게 입을 열었다.

"방식을 바꾸다니, 무슨 뜻이야?"

"우리의 목적은 인간들이 위험한 책에 가까이 가지 못하게 하는 거야. 그러기 위해선 어떻게 하면 좋을까? 장군은 위험한 책을 찾아 전 세계를 돌아다니며 한 권 한 권 모으려고 했지만, 그건 너무 비현실적이야. 그보다 방대한 '새 책'을 만들어내는 편이 훨씬 효과적이라는 생각이 들더라고. 그러면 사람들은 '새 책'을 읽는 것에 쫓겨서 힘 있는 책에 손을 내밀 시간이 없게 되니까. 결과적으로 우리의 목적이 이루어지는 거지."

재상이 가느다란 오른팔을 들어 옆에 있는 기계를 가리키며 덧붙였다.

"여기가 그 '새 책'의 제본 공장이야."

다시 재상의 말에 맞장구치듯 톱니바퀴가 돌고 벨트컨베이어가 움직이면서 피스톤이 기이한 소리를 냈다. 머리가 지끈거리는 소리와 함께 홀의 한가운데 더 많은 책이 운반되고, 벨트컨베이어에서 넘친 책이 우르르 통로에 쏟아졌다. 회색 병사들이 묵묵히 책을 끌어모아 상자에 담아 운반했다.

발밑까지 굴러온 책을 주운 나나미는 책장을 펼쳐 보더니 얼굴을 찌푸렸다.

"새하얗잖아?"

문자 그대로 책의 안쪽이 새하얘서 아무것도 쓰여 있지 않은 하얀 종이 다발에 불과했다.

"이게 '새 책'이야?"

"그래."

"아무것도 쓰여 있지 않은데?"

"쓰여 있지 않다고? 그야 당연하지. 책 내용은 아무래도 상관없으니까."

나나미는 너무 어이가 없어서 입을 다물지 못했다.

"여기에서 중요한 건 질이 아니라 양이야. 인간이 사는 세계를 방대한 '새 책'으로 에워싸는 거지. 그러면 사람들은 구태여 낡고 위험한 책에 눈을 돌릴 필요가 없을 테니까. '나무를 감춘다면 숲 속'이란 말이 있잖아? 책을 감춘다면 책 속이 제일이지."

나나미는 상대가 농담을 한다고 여겼지만, 회색 재상은 최고의 아이디어를 말하는 소년처럼 즐거워 보였다.

"걱정할 거 없어. 책 내용이라면 지금 인간들이 하고 있는 걸 따라 하면 되니까. 이해하기 쉽고 자극적이며 과격한 정보를 반복적으로 나열하기만 하면 대부분의 독자들은 정신없이 빠져들지. 인간들은 단지 눈앞의 자극을 쫓아가기만 하면 돼. 그러면 인간들 모두 위험한 책에는 가까이 가지 않게 되지. 네가 힘들게 『괴도 뤼팽』 전집을 가지고 돌아갔다고 해도 구태여 손에 들고 읽는 사람은 없게 되는 거야."

재상의 유쾌한 웃음소리가 홀을 가득 메웠다. 어느 순간부터는 우스워서 견딜 수 없는지, 이마에 손을 댄 채 이를 악물고 웃음을 죽였다. 그러는 동안에도 하얀 종이의 '새 책'이 기계에서 끊임없이 쏟아져 나왔다. 때로는 병사들이 가져가는 책보다 쏟아져 나오는 책이 더 많아서 바닥에 흩어지기도 했다.

나나미는 잠시 자신의 손에 들린 '새 책'을 바라보았다.

도대체 무슨 일이 일어나고 있는지, 확실한 건 알 수 없었다. 하지만 즐거워 보이는 재상의 태도에서 부자연스러운 느낌이 전해졌다. 그 느낌의 정체를 확인하기 위해 나나미는 입을 열었다.

"당신은 왜 그렇게 책을 두려워하지?"

뜻밖의 질문을 받고 재상이 얼굴에 웃음을 매단 채 움직임을 멈췄다.

"두려워해?"

"당신은 인간을 위해서 위험한 책 가까이 가지 못하게 해야 한다고 말했어. 하지만 사실은 책을 두려워하는 것처럼 보이거든."

재상의 표정은 바뀌지 않았다. 얼굴에는 여전히 웃음이 매달려 있었다.

"난 아무것도 두려워하지 않아. 인간들에게 유해한 걸 제거하는 것뿐이야."

나나미는 냉정하게 재상의 말을 가로막았다.

"책이 유해하단 말은 한 번도 들어본 적이 없어. 예전에 우리 아빠가 그랬거든. 책 속에는 끝없이 넓은 세계가 있다고. 어디에도 갈 수 없는 사람이라도 책은 여기저기 데려다줘. 잊어버릴 뻔한 오래된 지혜나 소중한 이치를 만나게 해주기도 하고."

햇살이 닿는 창가 자리에 앉아서 나나미의 아버지는 다정한 목소리로 그렇게 말해주었다. 지금 돌이켜보면 그리운 추억이다.

"지식이나 지혜만이 아니야. 수많은 이야기를 만나면 여러 사람의 마음을 알 수 있다고, 아빠가 그랬어. 그런 힘을 상상력이라고 하는데, 그건 아주 중요한……."

재상이 날카로운 목소리로 나나미의 말을 가로막았다.

"상상력이라고?"

나나미와 고양이의 몸이 동시에 굳어졌다.

재상은 예상치 못한 부고라도 들은 것처럼 눈을 부릅뜨고 몸을 앞으로 내밀었다.

"말도 안 돼! 그것이야말로 가장 해로운 거야!"

"상상력이 해롭다고?"

"그래. 넌 아무것도 모르는군. 상상력이 뭔지, 진심으로 생각해 본 적이 있어?"

재상의 말투는 어느새 머리 나쁜 학생을 야단치는 교사처럼 변했다. 게다가 학생의 대답 따위는 기대하지 않는 성급한 교사다.

"상상력이란 다른 사람의 처지를 생각하는 힘이야. 자신과 다른 처지에 있는 사람의 상황을 상상해서 약자를 돌보고 때로는 손을 내미는 마음, 그게 바로 상상력이지."

"그게 뭐가 위험하지?"

어안이 벙벙한 얼굴의 나나미를 재상은 가여워하는 눈길로 바라보았다.

"가엾게도 넌 책의 위험한 힘에 완전히 사로잡혔군."

나쁜 길로 달려가는 학생을 타이르는 말투로 재상이 덧붙였다.

"세상은 지금 약육강식이 판치고 있어. 힘 있는 자는 약한 자를 발로 걷어차고, 무능한 자를 발판으로 삼아 위로 올라가지. 승자만이 모든 걸 손에 넣을 수 있는 시대라고. 다른 사람을 돌보고 있으면 곧바로 누군가가 파고들 틈을 주게 되지. 즉, 상상력은 네가 가진 풍부한 가능성을 파괴하는 무서운 힘이라고, 나나미!"

재상의 입에서 나온 자신의 이름을 듣고 나나미는 등골이 오싹해서 목을 움츠렸다.

"내 이름을 어떻게?"

"그걸 어떻게 몰라? 장군이 말했을 텐데. 우리는 '함께 걸어가는 자'라고."

재상의 뺨에는 여전히 미소가 감돌고 있었다.

너를 지키려는 고양이

하지만 나나미는 알아차렸다. 그 미소에서는 따뜻함을 느낄 수 없었다. 장군의 당당한 연설이 몹시 공허하게 느껴진 것과 마찬가지였다.

이런 식으로 다른 사람과 대화를 할 수 있을까?

차가운 느낌이 나나미의 등을 가로질렀다.

"난 오랫동안 사람들과 함께 걸어왔어. 승자와 패자도 헤아릴 수 없을 만큼 많이 봐왔지. 그리고 깨달았어. 공감이나 동정이 인간을 얼마나 무력한 존재로 만드는지. 세상의 성공한 사람들을 보면 알 수 있잖아? 그들 중에 상상력을 한 조각이라도 가지고 있는 자가 한 명이라도 있을까? 그들이 가진 건 오직 다른 자를 가차 없이 쓰러뜨리는 결단력뿐이야. 그들이야말로 책의 힘에서 해방된, 가장 자유로운 자들이지."

재상은 소파의 한쪽에 팔꿈치를 대고 천천히 몸을 내밀며 덧붙였다.

"앞으로 인간에게 필요한 건 상상하는 힘이 아니야. 상상하지 않는 힘이지."

크지는 않지만 음침한 위압감이 감도는 목소리였다. 그 말에 찬성하는 것처럼 기계의 움직임이 빨라지고 미친 듯이 새 책이 쏟아지면서 축복의 눈보라처럼 하얀 종이가 허공에서 춤을 추었다.

그때, 날카로운 목소리로 경고한 것은 발밑의 고양이였다.

"나나미, 조심해! 겉모습에 속으면 안 돼. 녀석의 말은 무섭고 강력해!"

나나미는 바짝 마른 입술에 침을 묻히고 나서 말했다.

"그런 것 같아. 하지만 틀린 말이야."

"모든 말이 틀린 건 아니야. 곳곳에 강력한 진실이 담겨 있지."

"그래도 이상해. 꼭 이 세상 모든 사람들이 서로 싸우는 것처럼 말하잖아. 그렇지 않은 사람도 많은데……."

그런 나나미의 목소리를 짓누르듯 기계가 귀에 거슬리는 소리를 냈다. 머릿속까지 떨리는 불쾌한 소리에 귀를 막고 싶을 정도였다.

재상이 다시 소파에 몸을 기대면서 과장스럽게 한숨을 쉬었다.

"넌 아직 모르는 게 너무 많아. 지금의 경쟁사회에서 가장 두려워해야 할 건 수단을 가리지 않고 치열한 싸움이 펼쳐지고 있다는 사실이 아니야. 경쟁에 참가하는 걸 거부한 사람들까지 무조건 패배자로 만드는 무시무시한 '강제력을 행사하고 있다'는 거지."

"강제력?"

"싸우지 않는다는 선택은 경쟁사회 밖으로 나간다는 의미가 아냐. 지금 이 세계에는 바깥쪽 같은 건 존재하지 않으니까. 싸우지 않으면 무조건 패배자로 낙인찍힐 뿐이지. 즉, 경쟁하지 않는다는 선택지를 쟁취하기 위해서 피투성이가 될 정도로 경쟁하지 않으면 안 돼. 이건 엄청난 모순이잖아? 그런 세계에서 상상력이 얼마나 위험한지, 이제 좀 이해하겠지?"

회색 재상은 갑자기 친밀감이 담긴 온화한 미소를 지으며 말을 이었다.

"너무 장대하게 이야기하면 이해할 수 없겠지. 네 이야기로 바꿔서 생각해봐. 너도 사실은 알아차리고 있지 않나? 상상력은 너한테서 싸울 힘을 빼앗아 가기만 한다는 걸. 너도 지금까지 사람들을 배려하며 많이 참아왔을 거야. 그래서 넌 정말로 행복해?"

어느새 재상의 말투는 속삭임으로 바뀌었다.

"참아? 내가……?"

익숙지 않은 말이 나나미의 마음속에서 불쾌한 감각을 끌어냈다.

"그래. 주변 사람들을 배려하느라 폐를 끼치지 않으려고 숨을 죽이고 살면서 너무 답답하지 않았어? 하지만 그렇게 참는 사이에 네 인생은 점점 사회의 밑바닥으로 몰리게 돼. 네가 누군가를 배려한다고 해서 누군가가 널 도와주지는 않아. 그런 부자연스러운 삶은 그만두고, 더 자유롭게 살아가는 게 좋지 않을까? 더 자유롭게, 더 자기답게 사는 거야."

"더 자유롭게, 더 자기답게……."

나나미는 끌려가듯 재상의 말을 따라 했다.

그러는 사이 가슴속에서 시커먼 기운이 서서히 머리를 치켜드는 느낌이 들었다. 시커먼 기운은 조금씩 부풀어 올라 나나미를 감쌌다. 깜짝 놀라 두 손으로 뿌리치려고 했지만 아무런 반응도 없이 어둠만 퍼져 나갔다. 한순간 고양이의 모습과 가냘픈 목소리가 들렸으나 그것도 곧바로 어둠의 저쪽으로 사라졌다.

정신을 차리자 캄캄한 대지에 나나미 혼자 서 있었다.

'어쩔 수 없잖아!'

멀리서 화난 목소리가 들렸다.

귀에 익은 목소리의 주인공은 나나미의 아버지였다.

'아빠가 얼마나 바쁜지 알아? 너랑 매일 도서관에 갈 시간이 없다고!'

어느새 어둠 속에는 나나미의 아버지가 험상궂은 얼굴로 서 있었다.

'먹고살기 위해서는 아빠가 열심히 일해야 해. 네가 하자는 대로 다 하면 먹고살 수가 없다고!'

나나미가 망연히 서 있는 사이에 멀리서 하얀 가운을 입은 의사가 나타나 아버지에게 다가왔다.

'컨디션이 약간 안 좋다고 해서 구급차를 부르면 곤란합니다.'

언젠가 한밤중에 응급병원에서 본 광경이다. 의사는 차가운 눈길로 나나미를 힐끔 보고 나서 덧붙였다.

'아버님의 걱정은 이해하지만, 스스로 컨디션을 관리할 수 있도록 가르쳐야죠. 구급차는 택시가 아니니까요.'

의사의 얼굴이 흐려지면서 이번에는 신경질적인 초등학교 선생님으로 바뀌었다.

'나나미, 친구들을 힘들게 하면 안 되겠죠? 이번 소풍은 가지 않

는 게 좋을 것 같아요.'

딱딱한 미소를 지은 채 타이르는 듯한, 그러면서도 묘하게 고압적인 말투로 선생님이 말을 이었다.

'물론 나나미의 마음은 충분히 이해해요. 하지만 소풍을 갔는데 컨디션이 나빠지기라도 하면 모두 난처할 거예요. 무리해서 참가할 필요는 없어요.'

소풍만 안 되는 게 아니었다. 운동회도 안 되고, 수영장도 안 된다. 모두를 위해서 안 된다. 모두를 위해서……

'왜 나만?'

불현듯 그런 말이 등 뒤에서 내려왔다. 나나미가 뒤를 돌아보았지만 그곳에는 아무도 없었다.

'왜 나만 포기해야 하지?'

다른 사람이 한 말은 아니었다. 그것은 나나미 자신의 목소리였다. 그렇게 생각한 적은 한 번도 없다고 대답하려고 했을 때 나나미의 목소리가 덧씌워졌다.

'다른 사람은 잊어버리고 더 자유롭게 살면 되잖아.'

'참고 살아도 누군가의 발판이 될 뿐이야.'

나나미는 아무 말도 하지 않고 우두커니 서 있었다. 불빛 하나 없는 깊은 어둠 속에서 꼼짝도 하지 않고 위에서 떨어지는 말 하나하나를 바라보았다.

그때 재상의 달콤한 속삭임이 귀로 파고들었다.

'나나미, 지금까지 많이 힘들었겠구나. 하지만 이제 괜찮아. 다른 사람을 배려하면 네 인생이 무너질 거야. 더 자유롭게 살아도 돼. 더 자기답게 살아도 돼.'

기분 좋은 말이다.

더 자유롭게, 더 자기답게…….

몸이 둥실 떠오르는 감각 속에서 숨을 가다듬기 위해 심호흡을 한 순간, 가슴 안쪽에서 기이한 소리가 들렸다. 피리 소리처럼 날카롭고 희미한 소리.

그것이 좋지 않은 징후라는 걸 알면서도 아무것도 할 수 없었다. 이대로 있으면 위험하다는 경고와, 이대로 있어도 상관없다는 달콤한 유혹이 뒤섞였다.

하지만 그 균형은 손에 느껴지는 따뜻한 온기에 의해 무너졌다. 손가락 끝에서 생긴 따뜻한 기운이 팔에 스며들더니 가슴 안쪽에 있는 어둠을 밀어냈다. 손가락 끝을 쳐다보니 그곳에는 빛이 있었다. 그 작은 빛 너머에서 들려온 고양이의 날카로운 목소리가 가슴에 닿았다.

"나나미!"

퍼뜩 제정신이 든 나나미는 온몸에 힘이 빠져 그 자리에 털썩 주저앉았다.

"나나미, 괜찮아?"

눈앞에 고양이의 진지한 얼굴이 있었다. 나나미의 가슴 안쪽에서 쌕쌕 꺼림칙한 소리가 들리고, 호흡이 몹시 거칠어졌다.

"내 이름을 불러줬구나…… 고마워."

"인사는 됐어. 어서 약을 흡입해."

나나미는 고양이가 시키는 대로 주머니에서 약을 꺼내 천천히 흡입했다.

옆에서는 여전히 톱니바퀴가 시끄럽게 돌아가고, 사방에서 소란스럽게 증기가 솟구쳤다. 시야의 한 귀퉁이에서 가끔 '새 책'이 허공에서 춤을 추다가 커다란 소리를 내며 바닥으로 떨어졌다.

조금 전까지 조용한 어둠 속에 서 있었던 것이 거짓말 같았다.

"나나미, 안색이 너무 안 좋아."

"괜찮……아."

"설득력이 없군. 지금 네 얼굴은 재상처럼 흙빛이야."

"너무하는 거 아니야? 내 얼굴이 저렇게 음침하다고? 그렇게 말하면 나 상처받거든. 물론 이렇게 기분 나쁜 일은 좀처럼 없지만……."

나나미는 가슴에 손을 대고 천천히 호흡을 반복하며 덧붙였다.

"갑자기…… 정신이 아득해졌어."

"그런 것 같았어. 아주 짧은 시간이었지만."

나나미는 무릎을 꿇은 채 조용히 정면의 소파를 쳐다보았다.

재상은 조금 전과 마찬가지로 다리를 꼰 채 꼼짝도 하지 않았다.

하지만 모습은 조금 달라졌다. 밝은 웃음이 사라지고 감정 없는 눈이 나나미를 내려다보았다.

"이거 놀랍군. 다시 돌아올 줄은 몰랐어. 대부분은 내 목소리를 따르는데."

나나미 앞에 있는 고양이가 소름 끼친 것처럼 몸을 부르르 떨면서 말했다.

"재상의 말은 사실이야. '더 자유롭게, 더 자기답게.' 아름다운 말임과 동시에 무서운 말이지."

고양이의 얼굴도 피로와 긴장으로 딱딱하게 굳어 있었다.

"계속 나한테 말을 걸어줬구나."

나나미는 떨리는 왼손으로 고양이의 머리를 다정하게 쓰다듬었다.

악몽을 꾼 시간은 얼마 되지 않았을 텐데, 이마에 작은 땀방울이 맺혀서 검은 머리칼이 달라붙어 있었다. 나나미는 땀을 닦지도 않고 오른손으로 자신의 가방을 끌어당겼다.

"책이 지켜줬어."

"책?"

가방 끝을 들어 올리자 『기암성』이 따뜻한 빛을 뿌리고 있었다. 온몸이 얼어붙을 듯한 어둠 속에서 확실한 온기를 안겨준 것은 이 책이었다.

"넌 정말로 강하구나······."

"강한 건 내가 아니라 책이야."

너를 지키려는 고양이

"아니, 네가 강한 거야."

말투는 거칠었지만 목소리에는 온기가 배어 있었다. 그 온기가 차가워진 나나미의 가슴을 따뜻하게 감쌌다.

"여기에 더 있으면 안 돼. 우리는 지금 너무나 무력해."

"괜찮아."

"나나미……."

"괜찮아. 단지 좀 놀랐을 뿐이야."

"놀랐다고?"

의아해하는 고양이의 얼굴을 보면서 나나미는 쓴웃음을 지었다. 쓴웃음과 함께 눈꼬리에 살짝 눈물이 솟아오른 게 느껴졌다.

"지금까지 나도 모르는 사이에 꽤 많은 걸 참아왔던 것 같아. 나름대로 극복해왔다고 생각했는데…… 약간 패배한 기분이야."

나나미는 살며시 눈물을 닦고 숨을 크게 쉬며 상체를 일으켰다.

아주 기분 나쁜 장면을 보았다. 그것만은 분명했다. 하지만 그때 들린 것은 자신의 목소리가 아니었다. 그걸 알아차리는 힘이 강인하다고 하면 고양이의 말은 틀리지 않을지도 모른다.

"내 멋대로 행동해도 된다는 건 아니야. 난폭한 짓을 하면 전부 나한테 돌아오게 되지. 그 정도는 알고 있어."

"그렇게 생각하는 사람은 결코 많지 않아. 사람들은 모두 태연하게 거짓말을 하고 사기를 치며 다른 사람을 상처 입히고 발판으로 삼지. 그렇게 하지 않으면 살아갈 수 없을 만큼 세계가 일그러지고 있는지도 몰라."

"그래서 많은 사람들이 저 녀석의 말을 따르는 거야."

나나미는 손으로 바닥을 짚으면서 일어났다. 손에 기름이나 그을음이 묻는 것도 신경 쓰지 않았다.

재상은 이제 아무런 표정도 없이 입을 꾹 다문 채 나나미를 쳐다볼 뿐이었다.

"자기답다는 건 나쁜 말이 아니야. 하지만 누군가를 발로 차서 밀어내야만 자기다워질 수 있다면, 그건 분명히 잘못된 일이야."

나나미가 재상의 눈을 똑바로 바라본 순간, 거대한 제본기의 움직임이 미묘하게 둔해졌다.

피스톤이 덜거덕거리고 증기가 약해졌으며 매끄럽게 돌아가던 톱니바퀴가 삐거덕거렸다. 바쁘게 움직이던 병사들조차 걸음을 멈췄다.

재상이 얼굴에서 표정을 지우고 되물었다.

"그 확신은 어디서 오는 거지?"

"그건 몰라. 하지만 난 알고 있어. 아무리 내가 원하는 걸 하고 싶어도 다른 사람의 도움을 받지 않으면 할 수 없는 일들이 내게는 많으니까."

"그것참, 힘들겠군. 하지만 대부분의 사람들은 그렇지 않아. 유감스럽지만 넌 그런 사람들의 발판이 될 운명이야."

"그렇게 되진 않아."

너를 지키려는 고양이

조용한 목소리였다.

하지만 그 말을 들은 순간, 재상의 눈썹이 약간 일그러졌다.

"힘들 때는 여러 사람들이 도와주거든. 의사 선생님은 언제 찾아가든 걱정하지 말라고 격려해주시고, 전철을 탈 때는 이쓰카가 같이 가줘. 이렇게 위험한 성에 올 때는 멋진 고양이가 같이 와주고."

발밑에서 고양이가 몸을 움찔거렸지만 나나미는 눈길을 피하지 않았다.

"예전에 아빠가 그랬어. 넌 혼자 살아가고 있는 게 아니다, 그러니까 힘들 때는 여러 사람들의 힘을 빌리면 된다, 그리고 힘을 빌린 만큼 언젠가 어디선가 다시 갚으면 된다고."

자기 마음대로 몸을 움직일 수 없는 나나미에게 힘을 주기 위해, 세이이치로는 그렇게 말했다.

힘을 빌린 만큼 갚을 수 있을지는 나나미도 모른다. 그래도 나나미는 긴 계단을 오르는 게 얼마나 힘든 일인지 알고 있으니까 누군가를 발로 차서 밀어낼 바에야 손을 내밀어 같이 올라가는 사람이 되고 싶다.

어느새 재상은 괴로운 듯 얼굴을 일그러뜨렸다. 쾌활해 보이던 남자의 그런 반응을 나나미도 예상하지 못했다.

재상이 어금니를 꽉 깨물고 중얼거렸다.

"정말 조바심이 나는군. 난 너희가 걱정돼서 이끌어주려는 건데. 왜 그걸 모르지?"

"당신이야말로 왜 그렇게 책을 두려워하지?"

"두려워한다고……."

재상의 입에서 괴로운 목소리가 새어 나왔다.

뜻밖이었다. 재상이 나나미의 말을 부정하지 않은 것이다. 회색 뺨이 경련을 일으키고, 심한 두통이라도 나는지 재상은 가느다란 손으로 자신의 머리를 감쌌다.

"마음이 있는 사람들은 모두 쓰러졌어. 난 그걸 내 눈으로 봐왔지. 살아남은 건 항상 마음이 없는 사람들뿐이었어. 이제 사람의 마음은 책 속에만 남아 있는 오래된 전승에 지나지 않아. 아니, 책 속에서조차 모습을 감추었지. 그걸로 좋아. 사람은 그렇게 해서 강해지는 거니까."

재상은 오른손으로 자신의 머리칼을 잡은 채 불쾌한 표정으로 머리를 흔들었다.

"누구나 알고 있는 일인데, 실로 불쾌하군. 아아, 짜증 나."

재상은 왼손으로 머리칼을 난폭하게 헤집으면서 오른손 엄지와 중지를 맞대고 비벼서 소리를 냈다. 곧바로 '재상의 방' 문이 열리고 홀의 곳곳에서 인형처럼 우두커니 서 있던 병사들이 타닥타닥 움직여 새빨간 카펫의 양쪽에 정렬했다.

"당장 나가! 넌 나를 불쾌하게 만들었어."

재상은 화들짝 놀라는 나나미를 재차 몰아붙였다.

"두 번 다시 말하게 하지 마! 내가 스스로를 잃어버리기 전에 빨리 나가는 게 좋을 거야. 더 이상 화나게 만들면 돌아가는 길을 없애버리겠어."

재상이 손으로 얼굴을 가린 채, 손가락 사이로 눈빛을 번들거리며 나나미를 노려보았다.

조금 전과는 뭔가 달라졌다. 다음 순간, 재상의 등 뒤에서 무언가 움직이는 기척이 느껴졌다. '장군의 방'에서도 한순간 느꼈던 거무칙칙한 기척이었다. 나나미는 소리도 내지 못하고 손가락 하나 까딱하지 못한 채, 머리를 감싸고 있는 재상의 뒤에서 소용돌이치는 새카만 물체에 눈길을 빼앗겼다.

"큰일 났어. 나나미, 어서 가자!"

고양이의 날카로운 목소리를 듣고 나나미는 정신이 들었다. 하지만 소파에서 눈을 뗄 수가 없었다. 재상은 그곳에서 괴로워하며 몸부림치고 있었다.

"무슨 일이 일어나는 거야?"

"저 남자 안에 무언가 있어. 아니, 저게 본체일지도 몰라. 어쨌든 지금은 망설일 때가 아냐."

"하지만 저렇게 괴로워하는데 그냥 내버려두라는 거야?"

"놀랍군……. 넌 지금 이런 상황에서 내 걱정을 하는 거야?"

재상의 떨리는 목소리가 들렸다. 재상은 한쪽 뺨을 추악하게 일그러뜨리며 이를 악물었다.

나나미가 흠칫 놀라 숨을 들이마신 것은 그의 한쪽 뺨에 기이한 비웃음이 감돌았기 때문이다. 재상의 밝은 웃음과는 성격이 다른, 사람을 얼어붙게 만드는 미소였다.

"재미있군…… 실로 흥미로운 소녀야……."

목소리도 조금 전과는 완전히 달랐다.

"당신은…… 누구야……?"

"좋은 질문이야."

얼음 미소가 대답했다. 청년의 목소리가 아니라 묵직한 중년의 목소리였다.

"나는 '만들어진 자'. 너희 인간의 손에 의해 '만들어진 자'다. 신기하군. 아직 이런 마음을 가진 사람이 있다니……."

그렇게 말하는 중에도 방금 열린 '재상의 방' 문이 천천히 닫히기 시작했다.

"돌아가게 해줄지, 붙잡을지…… 실로 고민스럽군……."

얼음 미소는 노래라도 부르는 것처럼 말했다.

고양이는 나나미를 향해 날카롭게 울부짖더니 가볍게 몸을 돌려 출구를 향해 뛰어갔다.

나나미도 곧바로 고양이의 뒤를 따라갔다. '재상의 방'에서 나간 곳은 '장군의 방'이다. 아무도 없는 그곳에서 나나미는 거의 본능적으로 가까운 돌 받침대로 뛰어가 『괴도 뤼팽』 전집을 한꺼번에 가방에 쑤셔 넣었다. 그러면서 뒤를 돌아보니 닫히는 문 너머로 소파에서 웅크리고 있는 회색 청년이 보였다. 청년의 머리 위에서 정체를 알 수 없는 기척이 퍼져 나가는 것처럼 느껴졌지만 더는 생각하지 않고 그대로 뛰어갔다.

 나나미와 고양이는 푸른빛의 통로를 조용히 걸어갔다. 아무 말도 하지 않는 것은 무사히 돌아왔다는 안도감보다 조금 전에 본 기이한 광경이 마음을 무겁게 내리눌렀기 때문이다.
 "조금만 더 가면 돼. 걸을 수 있겠어?"
 고양이의 물음에 나나미는 말없이 고개를 끄덕였다. 어깨에는 불룩해진 가방을 메고 있었다.
 "많이 무거워?"
 "아니, 괜찮아. 가방에 책을 많이 넣었는데, 하나도 무겁지 않아."
 어깨에 대각선으로 멘 가방에는 『기암성』을 포함해 열 권이나 되는 책이 들어 있었지만, 무게는 거의 느껴지지 않았다.
 "여기에서는 강인함이 완력을 의미하는 게 아니야. 모든 힘은 마음에서 생기지."
 "그 사람의 마음도 굉장히 강했어."
 "재상 말이야?"
 "그런데 괴로워했어. 망설이는 것처럼 보였어……."
 "망설인다고?"
 "잘은 모르지만, 예전에 어느 책에서 읽은 적이 있어. '돌아가는 길을 모르면 누구나 빠르든 늦든 제왕이 되고 싶어 한다'고. 장군도 재상도 모두 돌아가는 길을 모르게 되었는지도 몰라."

나나미가 혼잣말처럼 중얼거렸지만 고양이는 대답하지 않았다.

잠시 걷는 사이에 고양이가 평소처럼 담담하게 말했다.

"어쨌든 넌 돌아왔어. 솔직히 말해서 돌아올 수 없지 않을까 생각한 순간도 있었지. 하지만 넌 마지막까지 대화를 해서 그 남자가 돌아오는 문을 열게 했어. 거기에는 큰 의미가 있어."

나나미는 약간 지친 미소를 지으며 대답했다.

"지금 날 칭찬하는 거야? 하지만 그렇게 대단한 일을 한 건 아니야. 난 그 사람이 한 말을 절반도 알아듣지 못했거든."

고양이는 발걸음을 늦추지 않고 대답했다.

"그걸로 됐어. 말을 한다고 해서 모든 게 전해지는 건 아니야. 더 깊이 파고들면 대화로 전할 수 있는 건 말의 의미가 아니라 전하려고 하는 의지라고 할 수 있지. 마음이 전해지면 의미나 내용은 나중에 따라오니까. 하지만 지금 세계에서는 그렇게 당연한 것이 뒤바뀌고 있어. 마음이 담기지 않은 차가운 말의 벽돌을 빈틈없이 조립해서 그것을 논리적이라 칭하고, 논리적이기만 하면 전해진다고 여기는 거야. 하지만 차가운 논리는 따뜻한 홍차 한 잔에도 미치지 못해."

나나미는 앞을 걸어가는 고양이의 등을 새삼스레 똑바로 바라보며 말했다.

"이상해. 굉장히 어려운 말을 하고 있는데, 제대로 전해지는 것 같아."

"너한테 진심으로 전하고 싶으니까. 잊으면 안 돼. 말은 망원경 같은 거야. 보고 싶은 건 잘 보이지만 그것 말고는 오히려 잘 안 보이거든. 그런 의미에서 볼 때 회색 재상은 교묘한 말로 네 관심을 끌면서, 부조리한 건 보지 못하게 했을지도 몰라. 하지만 너는 렌즈 밖에 있는 세계를 잊지 않았어."

"아까도 말했지만 그렇게 대단한 건 아니야. 난 지금까지 여러 사람들의 도움을 받으며 살아왔으니, 그 사람의 말을 납득할 수 없었던 것뿐이야. 어쩌면 약간 비뚤어졌을지도 몰라."

말하는 사이에 통로를 감싼 푸른빛이 서서히 강해졌다.

그렇게 무서운 일을 당했는데도 공포심은 상당히 줄어들어 있었다. 고양이의 담담한 목소리에는 그런 효과가 있는지도 모른다.

나나미는 강한 빛으로 인해 눈을 가늘게 떴다.

"이걸로 또 작별이네."

"그래."

"다음 예정은 언제야?"

나나미의 질문에 고양이는 한순간 당황했지만 말투는 여전히 담담했다.

"묘한 질문이군. 너의 그 소중한 『괴도 뤼팽』 전집은 되찾았어. 더구나 재상은 더 이상 책을 가져갈 생각이 없다고 했지. 또 갈 필요가 있을까?"

"내가 아무리 둔해도 알고 있어. 아직 아무것도 끝나지 않았다는 것 정도는."

고양이는 발을 멈췄지만 뒤를 돌아보지는 않았다.

"그래……."

점점 더해지는 빛 속에서 고양이가 천천히 돌아보며 말했다.

"어쩌면 네가 있어주면 어떻게 될지도 모르겠군."

비취색 눈에서 예리한 빛이 뿜어 나왔다.

"그게 무슨 뜻이야?"

"네 말처럼 아무것도 끝나지 않았어. 회색 남자를 막아야 해."

마지막 목소리는 빛에 의해 흩어지는 것처럼 멀어졌.

정신이 들자 나나미는 반질반질 빛나는 나무 통로에 서 있었다. 양쪽에는 오래된 목제 책장이 늘어서 있고 머리 위에는 쇠 램프가 매달려 있었다.

통로 끝에 있는 의자에서 린타로가 조용히 기다리고 있었다.

나나미는 지금까지 이렇게 무서운 얼굴로 화내는 아버지를 본 적이 없다.

아버지 세이이치로는 딸인 나나미가 봐도 엄한 면은 있지만 성격이 급한 사람은 아니다. 기본적으로는 냉정하고 인내심도 강하다. 그래서 일중독이라고 할 만큼 일을 많이 한다고 나름대로 분석했을 정도다.

그런 세이이치로가 펄펄 뛰며 화를 냈다.

나나미가 집에 늦게 들어와서 그런 게 아니었다. 점심때가 조금 지나서 집에 돌아왔으니까.

세이이치로에게 나나미의 귀가 시간은 문제가 아니었다. 하지만 며칠 전 나나미가 저녁 늦게 집으로 돌아와서 의외로 신경이 날카로워졌는지도 모른다. 집과 학교와 도서관을 왔다 갔다 할 뿐이라고 생각했던 딸이, 실은 본인 몰래 놀러 다닌다고 해도 어쩔 수 없는 일이리라.

어쨌든 아침 일찍 나갔던 나나미가 좀처럼 돌아오지 않아서 걱정한 나머지, 세이이치로는 이쓰카의 집에 전화를 걸었다. 그러다 같이 놀러 간다고 했던 이쓰카가 궁도대회에 나갔다는 이야기를 들은 것이다.

어디에 간 걸까?

친구와 같이 놀러 간다는 건 거짓말이었던가?

최근에 자기 몰래 무언가 하는 것 같았는데, 도대체 어떻게 된 일이지?

세이이치로는 미간에 깊은 주름을 잡고 연신 잔소리를 했다. 나나미는 그날 나쓰키 서점에서 혼자 전철을 타고 집에 왔는데, 그런 도전조차 아버지의 분노를 더욱 부추길 따름이었다.

"나나미, 제발 아빠 속 좀 썩이지 마. 넌 다른 애들처럼 건강한 몸이 아니잖아. 도서관에 가는 건 상관없어. 친구와 어딘가로 놀러 가는 것도 좋아. 하지만 아빠한테 거짓말까지 하면서 혼자 전철을 타고 멀리까지 가는 건 절대 안 돼."

세이이치로의 조바심치는 목소리가 그렇게 넓지 않은 주방을 가득 메웠다.

"죄송해요."

나나미는 그저 순순히 잘못했다고 말하는 수밖에 없었다.

"안 그래도 요즘 바빠서 정신이 하나도 없는데, 더는 걱정하게 하지 말아줘."

"조심할게요……."

나나미는 식탁에 시선을 둔 채로 대답한 뒤, 목소리를 낮추고 덧붙였다.

"그런데 아빠, 일을 좀 줄이면 안 돼요?"

"뭐야?"

세이이치로의 어이없는 목소리가 돌아왔다. 더구나 예상외로 차가운 눈길이 더해져서 나나미는 흠칫 놀랐다.

"이 세상은 네가 생각하는 것보다 훨씬 살기 힘들어. 성실하게 일해도 생활이 결코 넉넉해지지 않아. 돈이 없으면 널 고등학교, 대학교에 보내기도 힘들다고. 자칫 방심이라도 하면 눈 깜짝할 사이에 사회의 밑바닥으로 떨어져버리는 혹독한 시대라고!"

나나미의 마음속에서 기묘한 위화감이 꿈틀거렸다.

그런 딸의 마음을 알아차리지 못하고 세이이치로는 말을 이었다.

"너도 이제 중학교 2학년이잖아. 계속 도서관에 틀어박혀서 책만 읽을 때가 아니야. 이젠 장래를 내다보고 행동해야 할 때라고. 사회에 나가면 너 혼자 죽을힘을 다해 살아남지 않으면 안 돼. 아무도 도와주지 않으니까."

그토록 책을 좋아했던 아버지가 이런 말을 할 줄은 꿈에도 몰랐다. 그렇게 생각한 순간, 나나미는 위화감의 정체를 알아차렸다. 아버지의 목소리가 회색 장군이나 회색 재상의 목소리와 비슷했던 것이다. 목소리와 모습은 전혀 다르지만, 아버지가 하는 말의 건너편에서 회색 남자의 목소리가 겹쳐서 들렸다.

'사회의 밑바닥으로 떨어진다', '살아남아야 한다', '아무도 도와주지 않는다'.

역시 요즘 아빠가 많이 피곤한가 보다, 하면서 얼굴을 든 순간 나나미는 온몸에 소름이 돋았다. 아버지의 얼굴이 회색으로 보였던 것이다. 그럴 리가 없는데, 눈앞에 핏기를 잃어버린 회색 얼굴이 있었다.

나나미의 가슴에서 휘익 메마른 소리가 들렸다. 숨을 쉴 수가 없었다.

"나나미, 왜 그래?"

세이이치로가 걱정스러운 얼굴로 딸을 보았다. 나나미는 그 얼굴을 똑바로 바라볼 수가 없었다.

"혹시 천식 발작이야? 빨리 약을 흡입해."

세이이치로가 재촉하자 나나미는 불안한 손길로 주머니에서 약병을 꺼내 흡입했다.

"역시 무리해서 몸에 부담이 됐나 보다. 도대체 어디서 무슨 짓을 한 거야?"

멀리서 울리는 듯한 세이이치로의 목소리를 들으면서 나나미는 살며시 목덜미를 만졌다. 손에 묻어날 만큼 식은땀이 솟구쳤다. 조금 시선을 돌리자 주방의 어둠 속에서 회색 양복이 보인 듯했다.

'함께 걸어가는 자'.

'만들어진 자'.

무슨 뜻인지는 모른다. 하지만 그것은 머나먼 별세계 이야기가 아니다. 회색 남자는 바로 우리 곁에 있는 것이 아닌가.

그렇게 생각한 순간, 무언가에 빨려 들어가는 것처럼 온몸에서 힘이 빠져나가는 듯했다. 정신이 아득해져서 나나미는 식탁 위에 털썩 엎드렸다.

3장
증식하는 자

열이 나서 자리에 누운 건 오랜만이다.

나나미는 방의 침대에 누운 채, 지겨울 만큼 천장을 바라보았다. 나쓰키 서점에서 전철을 타고 돌아온 그날 오후부터였다.

긴장이 가득한 여행에서 돌아와 겨우 집에 도착해 안도한 순간, 한꺼번에 피로가 밀려든 게 아닐까? 아버지에게 귀가 따갑도록 야단을 맞는 사이에 정신이 느슨해졌다고 하면 어폐가 있을지 모르지만, 갑자기 의식이 멀어진 건 사실이다. 아버지의 말에 따르면, 갑자기 식탁에 엎드리듯 쓰러졌다고 한다.

열은 있었지만 심한 천식 발작은 아니라서 구급차를 부르지는 않았다고, 아버지가 나중에 설명해주었다. 단지 깜짝 놀란 나머지 단숨에 분노가 가라앉았는지, 일단 나나미를 침대로 옮겨서 쉬게

해주었다.

저도 모르게 눈이 감기고 졸음이 쏟아지는 바람에, 나나미의 머릿속에는 어렴풋한 기억의 조각이 남아 있을 뿐이었다. 창밖이 꼭두서니 빛이 되고 해가 완전히 기울어져서 어두워진 다음에도 아버지는 계속 옆에 있어준 모양이다.

잠에서 완전히 깼을 때는 커튼 사이로 파란 하늘이 보일 무렵이었다.

"역시 무리했나 보구나."

정신이 든 나나미를 보며 세이이치로는 가볍게 안도의 한숨을 쉬었다.

아직 얼굴은 험악했고 밤새 간호해서 그런지 피로한 기색은 남아 있었지만, 어제와 같은 회색 얼굴은 어디에도 보이지 않았다.

"나나미, 왜 그래? 아빠 얼굴에 뭐 묻었어?"

나나미는 황급히 고개를 가로저었다.

의아한 표정을 짓는 세이이치로의 시선으로부터 도망치듯 나나미는 침대의 이불 속으로 파고들었다. 지금 옆에 있는 사람은 나나미가 잘 아는 평소의 아빠다. 약간 엄격하긴 하지만 지나칠 만큼 성실하고, 나나미의 컨디션이 나쁠 때는 진심으로 걱정하며 간호해주는 평소의 아빠다.

그런 딸의 모습을 보고 세이이치로는 잠시 생각에 잠기더니 입을 열었다.

"네가 어디에 갔는지, 그리고 무슨 일을 했는지, 전부 말하라곤 하지 않을게. 네 나이쯤 되면 아빠한테 말할 수 없는 일도 있을 테니까. 하지만 몸에 부담이 될 만한 일은 하지 마. 너도 알겠지만 네 몸은 남들처럼 튼튼하지 않으니까."

나나미는 이불 밖으로 눈만 내밀고 고개를 끄덕였다.

"약속 지켜야 해."

나나미는 다시 한 번 고개를 끄덕였다. 그러면서 문득 알아차렸다. 시계를 보니 벌써 점심때가 됐는데, 아버지가 평상복을 입고 있었던 것이다. 평일 낮에 넥타이를 매지 않은 아버지의 모습을 보니, 신선한 느낌이 들었다.

"회사는요?"

"너를 두고 어떻게 회사를 가? 오늘은 휴가 냈어."

"휴가요?"

"내일 일은 내일 생각하면 돼. 아빠도 오늘 하루는 집에 있을게."

"진짜요?"

눈을 반짝이며 환하게 웃는 나나미를 세이이치로는 황당한 얼굴로 노려보았다.

"갑자기 회사를 빠지면 다음 날 얼마나 힘든지 알아? 매일 할 일이 산더미처럼 쌓여 있어. 가능하면 내일 오후엔 일하러 가야 하니까 빨리 기운 차려."

나나미가 작게 대답하면서도 얼굴을 가릴 만큼 이불을 끌어 올

너를 지키려는 고양이

린 것은 아직 웃음이 흘러넘칠 것 같았기 때문이다.

"하여간 못 말려……."

세이이치로는 그렇게 말하고는 한숨을 쉬며 의자에서 일어났다.

"아빠."

나나미가 조심스럽게 불렀다.

"왜?"

"죄송해요."

세이이치로는 살짝 이마에 주름을 잡았지만 어깨의 힘을 빼고 고개를 옆으로 가로저었다.

"아니, 마침 잘된 건지도 몰라."

다정한 목소리였다. 세이이치로는 머리를 긁적이며 창문으로 들어오는 햇살을 향해 눈을 가늘게 떴다.

"그동안 너무 바빴어. 널 위해 열심히 살려고 했을 뿐인데, 어딘가에서 이상해졌는지도 모르지."

뜻밖의 대답을 듣고 나나미는 아버지의 말에 귀를 기울였다.

"그렇다고 네가 거짓말하고 밖으로 나다닌 걸 용서한 건 아니야. 몸이 완전히 회복될 때까지는 도서관도 출입금지야."

"네."

얌전하게 대답하고 나서 나나미는 곧바로 덧붙였다.

"집에 얌전히 있을 테니까 아빠 서재에 들어가도 돼요?"

"몸이 그런데도 책 읽을 거야?"

"안 돼요?"

"안 되는 건 아니지만……."

"책이 싫어졌어요?"

나나미는 대화가 끊어지기 전에 황급히 물었다. 오랜만에 아버지에게 다가갈 수 있는 좋은 기회라고 여긴 것이다.

의아한 표정을 짓는 세이이치로를 나나미는 이불 끝에서 조심스럽게 쳐다보며 말했다.

"어제 그랬잖아요. 책만 읽으면 엉망이 된다고……."

"내가 그런 말을 했던가?"

세이이치로는 당황한 표정을 지으며 작게 한숨을 쉬었다.

"그런 뜻은 아니었지만…… 뭐, 서재는 네 마음대로 쓰렴."

"진짜요?"

"다시 말하지만 무리하면 안 돼. 또 열나면 책 보는 것도 금지야."

네, 하고 나나미는 최대한 얌전한 얼굴로 대답했다.

하지만 마음속으로는 쾌재를 불렀다. 지금 컨디션은 그렇게 나쁘지 않았다. 도서관에 갈 수 없는 건 아쉽지만, 학교에 가지 않고 집에서 마음껏 책을 읽을 수 있는 환경은 매력적이었다. 더구나 오늘은 아버지가 집에 있어준다고 했다.

나나미는 침대 위에서 몸을 둥글게 말았다. 가슴 안쪽으로 서서히 퍼지는 따뜻한 느낌을 껴안는 것처럼, 몸을 구부린 채 한동안 움직이지 않았다.

세이이치로의 서재는 그렇게 넓지 않다.

하지만 세 평쯤 되는 공간의 사방에 책이 빼곡히 꽂혀 있다. 한쪽 구석에 작은 책상과 의자가 있지만 세이이치로가 집에서 일하는 경우는 거의 없어서 있으나 마나 한 것이었다.

오후에 서재에 들어간 나나미는 한쪽 구석에 있는 의자에 앉아 책장을 바라보았다.

아버지의 서재인 만큼 나나미가 읽기에는 어려운 책들이 많았다. 아버지가 증권회사에 다니므로 경제나 정치에 관한 책이 한쪽을 차지하고 있었지만 그 비율은 크지 않았다. 오히려 일과 관계없는 문학과 철학, 윤리학 등 다방면에 걸친 두꺼운 책들이 훨씬 많았다.

그런 무게 있는 책장을 보면서 나나미의 머릿속은 그 성에서 겪은 신비한 사건으로 돌아갔다. 회색 재상의 기이한 모습이 뇌리에 달라붙어서 떨어지지 않았다. 밝게 말하던 태도가 180도 바뀌며 조바심을 드러냈고, 마지막에는 괴로워하면서 나나미를 쫓아낸 것이다.

나나미의 눈은 어느새 책장의 한쪽 구석으로 향했다. 나나미가 어렸을 때 읽었던 그림책이 꽂혀 있는 곳이다. 한쪽 구석에 『괴도 뤼팽』 전집 중 하나인 『기암성』이 보였다. '재상의 방'에서 나나미를 구해준 책이다.

그날 '장군의 방'에서 나머지 아홉 권도 전부 가지고 나왔는데, 나쓰키 서점으로 돌아온 순간 책은 본래의 무게로 돌아가 나나미의 어깨를 무겁게 내리눌렀다. 일단 나쓰키 서점에 맡기기로 했지만 『기암성』만은 가방에 넣어서 가져왔다. 언젠가 기운을 차리면 나쓰키 서점에 가서 나머지 책도 모두 찾아와 한꺼번에 도서관에 돌려주기로 마음먹었다.

하지만 그걸로 문제가 해결될 리 없다는 긴 분명했다. '장군의 방'에는 아직 책이 몇 권이나 더 남아 있었고, 성안에는 그 밖에도 가져간 책이 많을 것이다.

뿐만 아니라 고양이는 이렇게 말했다.

'회색 남자를 막아야 해.'

헤어질 때 보았던, 생각보다 훨씬 작은 고양이의 등이 떠올랐다.

"'함께 걸어가는 자', '만들어진 자'……."

종잡을 수 없는 말이었다. 그날 린타로에게도 그 말을 전했는데, 그는 잠시 생각에 잠긴 표정을 짓더니 "잠깐 시간을 줘"라고 대답했다.

컨디션이 회복되면 아버지한테 부탁해서 나쓰키 서점에 데려다 달라고 하자.

이것이 지금 나나미가 내린 결론이다.

린타로라면 특별한 방법을 떠올릴지도 모른다. 하지만 아버지 몰래 나갈 수는 없으니 그때는 제대로 부탁할 생각이다. 문제는 아버지한테 어떻게 설명하느냐 하는 것인데, 오늘 아침의 모습을 보면 어떻게든 될 것 같은 생각이 들었다. 그렇게 긍정적으로 생각하는 것이 나나미의 장점이기도 했다.

"기운을 차리면 곧장 나쓰키 서점에 가는 거야."

나나미는 일부러 소리 내서 선언했다.

할 일을 정하면 전환이 빠른 것도 나나미의 장점이다. 나나미는 어떤 책을 읽을지 책장을 둘러보았다. 한 번도 읽은 적이 없는 두꺼운 책도 좋지만, 오랜만에 그림책을 보는 것도 나쁘지 않을 것 같았다. 오늘은 조금 일찍 잔다고 해도 내일은 시간이 충분하다. 더구나 내일 낮까지는 아버지가 집에 있어준다고 했다.

나나미의 뺨이 느슨해지면서 입가에 웃음이 흘러넘쳤다.

그날 밤, 나나미는 침대 위에서 문득 눈을 떴다.

오전까지 잠을 많이 잔 탓에 깊이 잠들지 못한 것이리라. 시계를 보니 마침 날짜가 바뀌는 시간이었다.

어떻게 할까 생각하면서도 몸을 일으킨 것은 왠지 모를 불안감 때문이었다. 커튼 사이로 밖을 내다보니 어느새 가랑비가 촉촉이 내리고 있었다. 그렇지 않아도 쌀쌀한 밤이, 대지를 적시는 비와 그 너머에서 흔들리는 아련한 가로등 불빛이 어우러지면서 한층 서늘하게 느껴졌다.

물이라도 마실까 해서 복도로 나온 순간, 나나미는 걸음을 멈췄다.

방 앞에는 1층으로 내려가는 계단이 있다. 오른쪽 방이 아버지

침실이고 그 안쪽 끝에 있는 방이 아버지의 서재다. 그런데 자세히 보니 약간 열린 서재의 문틈으로 희미한 빛이 새어 나오고 있는 게 아닌가.

아빠가 일어난 걸까? 순간적으로 그렇게 생각했지만, 이내 그렇지 않음을 깨달은 건 새어 나오는 것이 하얀 전등 불빛이 아니었기 때문이다.

나나미는 깜짝 놀라 발소리를 죽이고 복도를 걸어가 서재 문을 살며시 밀었다. 예상한 대로였다. 서재 안은 눈에 익은 푸른빛으로 가득 차 있었다. 책장 전체가 아련하게 빛나고, 다정한 빛이 나나미를 유혹하듯 이리저리 흔들렸다.

"어떻게 여기에……."

나나미의 입에서 그런 중얼거림이 새어 나왔다. 푸른빛 속에 발을 넣었지만 끝없이 이어지는 통로는 보이지 않고, 사면의 벽을 둘러싼 책장이 푸르스름하게 빛나고 있었다. 그중에도 한층 강렬한 빛을 내뿜고 있는 것은 한쪽 구석에 꽂아둔 『기암성』이었다.

손을 내밀어 그 낡은 책을 꺼내려고 할 때였다.

"이런 시간에 찾아와서 미안해, 나나미."

귀에 익은 나지막한 목소리가 들렸다. 고개를 돌린 나나미의 눈에 맞은편 책장 밑에 있는 얼룩고양이의 모습이 들어왔다.

갑작스러운 고양이의 등장에도 나나미는 놀라지 않았다. 하지만 재회를 순순히 기뻐할 수 없었던 것은 고양이의 모습이 너무나 달라져 있었기 때문이다. 이등변삼각형의 귀와 비취색 눈동자는 똑같았지만, 털은 거칠어지고 숨은 흐트러졌으며 새침한 얼굴은 초췌한 기색이 역력했다.

"무슨 일이야?"

"두려워하던 일이 일어났어. 지금 회색 남자가 마지막 수단을 취하려고 해."

고양이의 목소리에 긴박감이 떠다녔다.

나나미는 무릎을 꿇고 고양이의 등을 어루만졌다. 털의 일부가 거무스름하게 그슬려 있었다. 화상을 입은 흔적도 있었다. 말할 것도 없이 보통 일이 아니었다.

"무슨 일 있었어?"

"지금은 자세히 말할 시간이 없어. 네 힘을 빌려줘."

고양이가 이런 식으로 온순하게 도움을 요청한 것은 처음이었다.

"본래라면 널 끌어들여선 안 되지만, 그 남자를 막을 수 있는 사람은 이제 너밖에 없어."

"무슨 말이야? 그 남자라니 장군? 재상?"

"그 어느 쪽도 아니야. 아니, 그 어느 쪽이라고도 할 수 있어. 회색 남자는 수많은 인간의 다양한 마음을 가지고 있지. 장군이나 재상도 회색 남자의 한 측면에 불과해. 어쨌든 녀석에게 너의 존재는 예상 밖이었는지, 지금 결론을 서두르려 하고 있어."

고양이는 머리를 좌우로 크게 흔들면서 덧붙였다.

"나도 널 끌어들이고 싶지는 않아. 하지만 나나미, 이제 우리에겐 다른 방법이 없어."

고양이는 한순간 머뭇거리다 나나미를 뚫어지게 쳐다보며 다시 확실하게 말했다.

"네 힘을 빌려줘."

"당연하지."

즉답이었다.

더구나 강력한 목소리였다.

거침없는 대답을 듣자 고양이는 비취색 눈을 크게 뜨고 나나미를 올려다보았다. 고양이의 그런 표정을 예상치 못했는지 나나미가 얼굴을 찡그렸다.

"그렇게 놀랄 일은 아니잖아?"

"놀란 게 아니라 옛날 생각이 난 것뿐이야."

"옛날 생각?"

"옛날에 너처럼 내게 힘을 빌려준 소년이 있었어. 힘도 없고 무기력한 소년이라고 생각했는데, 얼마나 위험한지 따져보지도 않고 웃으면서 힘을 빌려줬지. 책을 지키기 위해서. 너하곤 성격이 딴판인데 불현듯 그 소년이 생각나다니, 나 자신도 신기하군."

고양이는 맑은 눈동자를 나나미에게 향한 채 그리운 눈길로 말했다. 항상 태연하게 행동하고 쓸데없는 감정을 말하지 않는 고양이한테서는 거의 볼 수 없었던 모습이다.

고양이가 예전에 누구와 추억을 함께했는지 나나미는 당연히 모른다. 하지만 그 소년이 누구인지 알 것 같았다.

"나는 그 소년처럼 머리가 좋지도 않고 몸도 튼튼하지 않지만, 마음만은 지지 않을 거야."

"걱정할 것 없어. 그 미궁에서 가장 강력한 무기는 바로 그런 마음이니까. 도서관에서 왜 너를 만났는지, 지금은 알 수 있어. 그건 결코 우연이 아니었어. 넌 책을 구해낼 힘을 가지고 있어. 그래서 나도 모르게 너한테 이끌린 거야."

"난 처음부터 알고 있었어. 그건 절대 우연이 아니었다는 걸."

나나미는 작게 웃었다. 어떤 일에도 동요하지 않던 비취색 눈이 가볍게 흔들렸다.

이윽고 비아냥거림의 대가인 고양이가 천천히 고개를 숙이며 진지하게 말했다.

"고마워."

"어떻게 하면 되는데? 여기에는 통로가 없어."

"통로는 있어."

고양이가 눈으로 자신의 뒤쪽을 가리켰다. 한순간 나나미는 무슨 뜻인지 몰랐지만 곧바로 알아차렸다.

고양이의 뒤쪽에는 고양이 크기와 비슷한 작은 통로가 입을 벌리고 있었다. 언뜻 보기엔 지금까지와 똑같았지만 크기가 너무 작아서 체구가 작은 나나미도 지나가기 힘들어 보였다.

"이렇게 작아?"

"여기에선 이게 한계야. 책의 힘이 약해져서 그래."

"그럼 어떻게 하면……."

"도서관이야."

나나미가 눈을 동그랗게 떴다.

"도서관?"

"거기엔 아직 책이 많이 있으니까 처음에 지나간 그 통로라면 지금도 충분히 지나갈 수 있을 거야. 어딘지 알지?"

"알긴 알지만 지금 몇 시인 줄 알아?"

나나미는 벽시계를 쳐다보았다. 말할 것도 없이 한밤중이었다.

"도서관에 들어가려면 현관이나 접수처를 지나야 해. 그곳은 24시간 영업이 아니거든."

"그거라면 문제없어. 입구는 지나갈 수 있게 되어 있으니까."

고양이는 눈을 동그랗게 뜬 나나미를 바라보면서 조용히 말했다.

"가면 알 수 있어. 날 의심하는 거야?"

"한 달 전이라면 의심했겠지만……."

나나미는 고개를 가로저으면서 덧붙였다.

"지금은 털끝만큼도 의심하지 않아."

"그럼 됐어. 시간이 없으니까 어쨌든 조금이라도 빨리 도서관으로 가줘."

"알았어. 반드시 갈 테니까 혼자 무모한 짓을 하면 안 돼."

너를 지키려는 고양이

나나미는 두 손으로 고양이 얼굴을 감쌌다. 냉정한 고양이도 비취색 눈을 동그랗게 떴다.

고양이의 모습은 지금까지와 달랐다. 그냥 내버려두면 그대로 사라져버릴 것 같은 위험한 공기가 떠다니고 있었다. 그래서인지 얼굴을 감싸도 난동을 부리지 않고, 그 상태로 나나미를 똑바로 쳐다보았다.

"내가 갈 때까지 기다려야 해."

고양이가 나나미의 손안에서 작게 고개를 끄덕였다.

그때였다.

"나나미, 누가 있니?"

복도에서 들려온 것은 세이이치로의 목소리였다.

고양이는 나나미에게 눈짓을 하고는 재빨리 몸을 날렸다.

"기다릴게. 너만이 유일한 희망이야."

작은 통로로 고양이가 뛰어듦과 동시에 서재 문이 열렸다. 그리고 나나미가 일어섬과 동시에 잠옷 차림의 세이이치로가 얼굴을 내밀었다.

다음 순간 푸른빛이 사라지고, 책장 위의 작은 창문을 통해 가로등 불빛이 흐릿하게 서재 안을 비출 따름이었다.

"이런 시간에 여기서 뭐 해?"

하품을 삼키면서 세이이치로가 퉁명스러운 얼굴로 서재 안을 둘러보았다. 물론 평소와 다름없는 평범한 서재였다.

"더구나 불도 켜지 않고 누구랑 얘기하고 있었어?"

세이이치로가 벽의 스위치를 켜자 전등이 화려한 빛을 뿌렸다. 나나미는 순간 당황해서 눈을 가늘게 떴다.

"책을 좋아하는 건 알지만, 아직 몸이 정상도 아닌데 이런 시간에 일어나 있다니. 도대체 정신이 있어, 없어?"

"죄송해요."

"더구나 캄캄한 서재에서 혼자 떠드는 건 보통 일이 아니야."

조바심이 깃든 세이이치로의 말을 듣고 나나미의 몸이 굳어졌다.

'그래, 이건 보통 일이 아니야.'

나나미는 마음속으로 중얼거렸다.

보통 일이 아니라는 건 나나미도 알고 있었다. 아니, 최근 일주일 사이에 보통 일은 하나도 없었다. 사람의 말을 하는 고양이도, 푸른빛을 뿌리는 책의 통로도, 회색 남자도……. 하지만 보통 일이 아니라고 해서 아무래도 상관없는 건 아니다.

나나미는 서재의 한가운데서 상기된 얼굴로 입술을 꼭 다문 채 아버지를 물끄러미 바라보았다. 세이이치로가 의아한 표정을 지었다.

"나나미, 왜 그래?"

"아빠, 부탁이 있어요."

가슴 앞으로 두 손을 마주 잡은 딸을 보면서 세이이치로도 심상치 않은 느낌을 받은 듯했다.

"무슨 일이야? 그렇게 심각한 얼굴로……."

"말도 안 된다고 생각하시겠지만 도서관에 가고 싶어요."

생각지도 못한 말을 듣고 세이이치로는 한순간 멍한 표정을 지었다. 어떻게든 이해하려고 하는 것이리라. 두세 번 눈을 깜빡이면서 일단 대답했다.

"그래. 기운 차리면 오랜만에 아빠랑 같이……."

"기운을 차린 다음에는 늦어요."

"늦다고? 내일 가자는 거야?"

"내일도 아니에요. 지금 당장이요."

세이이치로는 입을 다물지 못했다.

"제 머리가 이상해졌다고 생각할지도 모르지만, 아주 중요한 일이에요. 지금 꼭 도서관에 가야 해요."

세이이치로는 어이가 없으면서도 어떻게든 말을 짜냈다.

"나나미, 아무리 부탁해도 그건 안 돼. 도대체 지금 무슨 말을 하는 거야?"

"말이 안 된다는 건 알고 있어요."

"그럼 적어도 무슨 일인지는 말해줘. 사정도 설명하지 않고 다짜고짜 이 시간에 도서관에 가자니……."

"사정은 설명할게요. 하지만 지금은 시간이 없어요. 이렇게 느긋하게 말할 시간도……."

"나나미, 떼를 쓰는 것도 정도가 있지!"

세이이치로의 목소리가 날카로워졌다. 얼굴에서 잠기운도 날아갔다. 미간에는 깊은 주름이 새겨지고, 얼굴에는 조바심과 곤혹스러움이 어지럽게 뒤섞여 있었다.

"안 그래도 너 요즘 이상한 짓만 하고 있어. 거짓말하고 걱정을 끼치더니, 이제는 한밤중에 소란을 피워서 아빠를 황당하게 만들고. 물론 아빠도 그동안 너무 바빠서 널 제대로 돌봐주지 못했어. 그 점은 미안하게 생각해. 하지만 아무리 그래도 허락할 수 있는 것과 허락할 수 없는 게 있어."

"아빠한테 걱정을 끼쳤다는 건 알고 있어요."

"알고 있다면……."

"저한테 힘을 빌려달라고 했어요!"

나나미의 강력한 목소리가 서재에 울려 퍼졌다. 세이이치로는 흠칫 놀라서 입을 다물었다. 나나미도 자신이 지금 황당한 말을 하고 있다는 건 안다. 아버지가 화를 내는 것도 당연하다. 지금 이상한 사람은 아버지가 아니라 자신이니까.

천식을 앓는 딸이 늦은 시간에 집에 들어오질 않나, 거짓말을 하고 멀리까지 가질 않나, 오늘은 한밤중에 혼자 떠들질 않나…….

하지만…….

나나미의 뇌리에 조금 전에 보았던 고양이의 모습이 떠올랐다. 초췌한 얼굴, 긴박한 눈빛, 불길에 그슬린 등의 털……. 무슨 일이 일어나고 있는지는 모른다. 하지만 무서운 일이 일어나고 있는 것만은 분명하다.

"기다리고 있겠다고 했어요. 소중한 친구가."

"친구?"

"저도 아직 뭐가 뭔지 몰라요. 하지만 친구가 도움을 청하는 건 분명해요. 아빠도 말했잖아요. 곤경에 처한 사람이 있으면 손을 내밀어주는 어른이 되라고요."

나나미의 간절한 말을 세이이치로는 끼어들지 않고 조용히 듣고 있었다.

"예전에 아빠는 이렇게 말했어요. 사람은 혼자 사는 게 아니라고, 자기도 모르는 사이에 여러 사람들의 도움을 받는다고. 저는 특히 몸이 약해서 많은 사람들의 도움을 받고 있으니까 곤경에 처한 사람을 보면 도와줄 수 있는 사람이 되라고요."

마지막은 무슨 말을 하는지 나나미 자신도 알 수 없었다. 세이이치로가 그런 말을 한 건 이미 오래전의 일이다. 왜 지금 그런 말을 떠올렸는지, 나나미도 이해할 수 없었다.

세이이치로의 표정은 여전히 험악했다. 하지만 나나미의 말을 가로막거나 하지는 않았다. 그러고는 입을 다문 채 천장을 한 번 올려다보고 발밑으로 시선을 떨구더니, 이마에 손을 댄 채 몇 번 고개를 가로저었다.

세이이치로가 말을 짜내듯이 입을 열었다.

"나나미, 어쨌든 여기에 가만히 있어."
"아빠……."
"대꾸 말고 시키는 대로 해!"
 거의 호통을 치듯이 말하고 세이이치로는 서재를 나갔다.
 조용해진 서재에서 나나미는 그대로 서 있었다. 창문 너머로 빗발이 더욱 강해지고 있었다. 도서관은 멀지 않았지만 나나미 혼자이 비를 뚫고 도서관까지 걸어가는 건 쉽지 않았다. 더구나 감시하는 아버지의 눈을 피해서…….
 '너만이 유일한 희망이야.'
 그 말을 끝으로 몸을 날린 고양이의 등이 나나미의 뇌리에 새겨져 있었다.
 이윽고 입술을 깨물고 있는 나나미 앞으로 세이이치로가 돌아왔다. 나나미를 침대로 데려갈 거라고 생각했는데, 세이이치로는 윗옷을 걸치고 굵은 왼팔에는 나나미의 연두색 코트를 들고 있었다.
 "도서관에 가면 되는 거지?"
 마음이 내키지 않아 억지로 짜낸 듯한 말투였다. 당황하는 나나미의 눈에, 세이이치로의 오른손에 들린 반짝이는 물건이 들어왔다. 자동차 열쇠였다.
 "정말 몸은 괜찮은 거지?"
 생각지도 못한 아버지의 태도에 나나미는 대답도 하지 못하고 머리를 위아래로 흔들었다.

"서둘러야 하잖아. 얼른 옷 갈아입어."

"아빠……?"

"밖엔 비가 오니까 코트를 입어. 그리고 천식약도 잊지 말고."

아버지의 내키지 않는 얼굴이 크게 일그러진 것은, 나나미의 눈에서 눈물이 흘러넘쳤기 때문이다.

"정말이지, 고집불통이라니까."

세이이치로는 몇 번이나 고개를 가로저으면서 덧붙였다.

"딸 하나 있는 게 이렇게 말을 안 듣다니……."

그렇게 중얼거리면서도 손에 들고 있던 코트를 나나미한테 입혀주었다.

세이이치로는 차를 타고 가는 동안 아무 말도 하지 않았다.

집에서는 나나미에게 그토록 설명하라고 다그치더니 차 안에서는 입을 꾹 다물고 침묵을 지켰다.

차로 도서관까지는 5분도 채 걸리지 않는다. 비가 오는 한밤중의 도로에는 차도 없고 사람도 다니지 않았다. 도서관의 한산한 주차장으로 들어가 정면 현관의 웅장한 필로티 밑에 차를 세운 순간, 도서관 입구에서 안쪽으로 이어지는 부드러운 빛이 나나미의 눈에 들어왔다.

현관의 커다란 유리문을 관통하듯 푸른빛의 통로가 안쪽으로 이어져 있었다. 희미하게 흔들리는 통로는 나쓰키 서점에서 본 것보다 더 좁아서, 나나미 혼자 겨우 지나갈 수 있는 정도밖에 되지 않았다.

차가 멈추자마자 나나미는 황급히 안전벨트를 풀었다.

"내가 같이 가줄 수는 없는 것 같구나."

그렇게 말한 사람은 운전석에 앉은 세이이치로였다.

그의 얼굴에서 험악함이 사라진 건 아니지만, 곤혹스러움과 망설임을 비롯해 여러 감정이 정리되지 않은 채 배어 나왔다. 그의 눈에도 자신이 보는 것과 똑같은 광경이 보이는지는 나나미도 모른다. 하지만 세이이치로는 도서관 입구를 바라보며 조용히 말했다.

"평범한 아버지들은 이런 시간에 딸을 도서관에 데려다주지도 않고, 웃으면서 잘 다녀오라고 배웅하지도 않아……."

나나미는 대답할 말이 없었다.

세이이치로는 무언가를 찾는 것처럼 말없이 비에 젖은 앞 유리를 쳐다보더니, 이윽고 혼잣말처럼 중얼거렸다.

"사람은 혼자 사는 게 아니다……."

조금 전에 서재에서 나나미가 했던 말이다.

"그건 엄마가 항상 하던 말이란다."

"엄마가요?"

"그 말을 오랜만에 들었구나. 네가 어떻게 그런 말을 했는지는 잘 모르지만, 갑자기 엄마가 나한테 말한 것 같더구나. 나나미의 부탁을 들어주라고 말이야."

생각지도 못한 말을 듣고 나나미는 숨을 멈추고 세이이치로의 말에 귀를 기울였다.

"엄마도 너처럼 건강이 좋지 않았지만 아주 밝은 사람이었지. 사람은 혼자 사는 게 아니야, 서로 도움을 주고받으면서 힘든 나날을 극복해가는 법이지, 하고 입버릇처럼 말했단다. 힘들 때는 여러 사람들의 힘을 빌리면 된다, 그리고 빌린 건 나중에 갚으면 된다고 말이야."

처음 듣는 이야기였다.

세이이치로는 일찍 세상을 떠난 아내의 이야기를 별로 하고 싶어 하지 않는다.

"지금은 그런 말을 하는 사람이 거의 없을지도 몰라. 모두 자기 일만으로도 벅차고, 자기가 제일 중요하다고 생각하니까. 이렇게 거만하게 말하고 있지만 나도 마찬가지란다. 네가 매일 소중한 걸 많이 주는데도 까맣게 잊어버렸으니 말이야."

커다란 지붕 밑에 차를 세워서 비를 맞지는 않았다. 지붕 끝에 매달린 빗물받이에 끊임없이 물방울이 떨어지고 있었다.

"세상은 계속 변하고 있지만, 변해서는 안 되는 게 있어. 그렇게 중요한 건 모두 책에 쓰여 있으니까 우리 나나미한텐 전 세계의 책을 읽게 해주고 싶어. 엄마는 종종 그렇게 말하곤 했지."

"전 세계의 책……."

"그래서 네 이름이 나나미七海야. '일곱 칠' 자에 '바다 해' 자. 일곱 개의 바다, 즉 '세계'라는 뜻이지."

나나미는 입을 다물 수 없었다. 이런 상황에서 이렇게 중요한 이야기를 듣게 되리라곤 생각지도 못했다.

화단의 나무들이 빗방울을 받아 즐거운 왈츠를 추는 것처럼 흔들렸다.

"엄마라면 잠시도 망설이지 않고 널 여기로 데려왔을까?"

아련한 쓴웃음과 함께 세이이치로는 딸에게 시선을 돌리며 말했다.

"돌아오면 무슨 일인지 제대로 설명해주렴."

세이이치로의 조용한 말을 듣고 나나미는 천천히 고개를 끄덕였다.

"손수건과 티슈는 가지고 있어?"

이 자리에 어울리지 않는 배려에도 나나미는 작게 고개를 끄덕였다.

"약도 잘 챙겨 왔지?"

그 말에 나나미는 살포시 웃었다.

"꼭 소풍 가는 것 같네."

"소풍이라면 얼마나 마음이 편할까……."

세이이치로는 핸들에 손을 얹은 채 크게 한숨을 쉬었다.

"갔다 오렴."

그 목소리가 가늘게 떨렸다.

"그리고 되도록 빨리 돌아와야 해. 아빠가 여기서 기다리고 있을 테니까."

나나미는 다시 크게 고개를 끄덕이고 차에서 내렸다.

도서관 입구에서 돌아보니 운전석에서 내린 세이이치로가 경차 옆에 서 있었다.

나나미는 두 손을 꽉 쥐고 최대한 큰 소리로 말했다.

"다녀올게요!"

그런 다음엔 대답도 듣지 않고 몸을 돌려 빛의 통로를 향해 뛰어갔다.

푸른빛의 통로는 당연한 것처럼 정면 유리문을 관통하고 있었다.

그 앞쪽은 나나미가 예상한 대로였다.

1층 접수처를 지나 2층 계단을 올라가, 그대로 '프랑스 문학' 코너의 안쪽 책장까지 이어져 있었다. 나나미가 그곳에서 본 것은 일주일 전에 고양이와 함께 걸었던 커다란 책장의 통로였다.

나나미는 잠시도 망설이지 않고 계속 달렸다. 죽을힘을 다해 달렸는데 신기하게도 천식 발작은 일어나지 않았다. 통로가 강한 빛에 감싸이고 이윽고 건너편으로 빠져나왔다고 생각한 순간, 나나미의 앞에는 거대한 성벽이 가로막고 있었다.

지난번에 본 성과는 규모 자체가 달랐다. 좌우의 성벽은 끊어진 곳도 보이지 않고 끊임없이 이어져 있었다. 성벽 안에는 크고 작은 몇 개의 첨탑이 우뚝 솟아 있어서, 성이라기보다 거대한 요새처럼 보였다. 성벽 위에는 무수한 회색 깃발이 빈틈없이 펄럭이고, 깃발 밑에는 새까만 대포까지 놓여 있었다.

하지만 나나미가 한순간 숨을 멈춘 것은 성의 위용에 압도되어서가 아니다. 성의 여기저기에서 불길과 연기가 피어올랐기 때문이다.

성이 불타고 있었다. 사방에서 시커먼 연기가 모락모락 피어오르고, 넓은 하늘은 음침한 검붉은 색으로 물들었다. 가끔 뜨뜻미지근한 바람이 흐르고 무언가 타는 냄새가 코끝을 스쳤다.

잠시 소리도 없이 우두커니 서서 나나미는 앞쪽 성문을 바라보았다. 붉은빛을 등진 고양이가 널다리 위에서 나나미를 기다리고 있었다.

나나미를 맞이한 고양이는 아무 말도 하지 않고 앞장서서 걸어갔다.

널다리를 지나 성벽 안으로 들어가니 포석이 가로세로로 미로처럼 이어져 있었다. 고양이는 잠시도 망설이지 않고 안쪽으로 걸어갔다.

가끔 연기 냄새가 흐르고 뜨거운 바람이 빠져나가면서 타닥타닥 튀는 소리가 들리는가 싶더니 서서히 멀어졌다. 오른쪽과 왼쪽으로 줄 맞춰 뛰어가는 병사들을 마주쳤는데, 얼굴에는 하나같이 표정이 없어서 당황한 건지 침착한 건지 알 수 없었다.

성벽이 높아서 주변의 불길은 보이지 않았지만, 그렇다고 해서 안심할 수도 없고 안전하지도 않은 것은 분명했다. 성벽 위로 보이는 좁은 하늘에는 시시각각 검붉은 색이 더해지고 있었다.

"이게 어떻게 된 거야?"

나나미가 겨우 입을 열었다.

"회색 남자가 불을 질렀어. 성과 함께 모든 걸 태우려고."

믿을 수 없는 대답이었다.

고양이는 뒤도 돌아보지 않고 담담하게 포석을 걸어가며 말을 이었다.

"녀석은 본래 오랜 시간을 들여서 천천히 책을 없앨 생각이었지. 전 세계에서 조금씩 책을 훔쳐내면 알아차리는 사람도 많지 않을 테니까, 가장 바람직하고 확실한 방법이라고 할 수 있어. 그런데 사정이 달라졌어. 네가 나타난 거야."

돌계단을 몇 단 올라간 고양이는 몇 갈래로 갈라진 포석 중에서 한가운데로 나아갔다. 아득한 앞쪽에서 열기를 품은 바람이 흘러왔다.

"지금까지 많은 사람들이 이 성을 찾아왔어. 하지만 대부분 마음을 빼앗기고, 녀석이 말하는 '더 자유롭게, 더 자기답게' 사는 길을 선택했지."

"즉, 책을 잊어버린 거구나."

"그래. 더구나 책을 잊어버린 사람들은 대부분 현실 사회로 돌아가 큰 성공을 거두었어. 책을 버리고 상상력을 잃어버린 사람들은 인정사정없는 공격성을 무기로 남을 속이고 착취하고 약탈했으며, 남의 시체 위에 자유의 깃발을 내걸었지. 모두 회색 남자가 계획한 대로였어. 하지만 넌 달랐지."

길이 구부러진 곳에서 뜨거운 바람이 훅 끼치더니 나나미의 뺨을 때렸다.

시야가 트인 그곳은 성 앞의 광장이었다. 한때 재와 그을음에 파묻혀 있던 제단이 지금은 다시 불길에 휩싸여 있었다. 그것도 소름끼칠 만큼 활활 타오르는 불길이었다. 주변에는 회색 얼굴의 병사들이 있었지만, 묵묵히 양동이로 물을 나르는 자가 있는가 하면, 무의미하게 주변을 행진하는 자도 있고, 똑바로 서서 불길을 바라보는 자도 있는 등 행동은 제각기 달랐다.

흩날리는 불티를 피하기 위해 고양이는 오른쪽으로 돌아 성의 정면 계단으로 다가갔다.

"내가 무슨 일을 했는데? 난 그자들의 말을 듣지 않은 것뿐인데……."

"네 행동은 그자의 예상을 아득히 뛰어넘었어. 총을 겨눠도 책을 포기하지 않았지. 더구나 책을 들고 도망치기까지 했어."

"칭찬받을 만한 일은 아니지만."

"두 번째로 왔을 때는 녀석이 강하게 말해도 넌 흔들리지 않고 버텼어. 뿐만 아니라 그 말을 정면으로 부정했지. 예전에 느끼지 못한 충격을 받고 녀석의 확신이 크게 흔들린 거야. 그 미궁에선 확신의 흔들림이 존재의 근간까지 뒤흔들지. 그래서 녀석은 그토록 동요하고 괴로워한 거야. 더구나……."

성 앞의 커다란 돌계단 아래에 이르자 고양이는 나나미를 돌아보며 덧붙였다.

"넌 괴로워하는 그 남자를 걱정하기까지 했어."

그러고는 고개를 움직여서 계단을 올려다보며 한 계단씩 올라갔다. 높다랗게 솟은 새하얀 성은 연기로 뿌예지고, 붉은 불길을 받아 이리저리 흔들리는 것처럼 보였다.

"그자의 사고 원리에 따르면 넌 상대의 약점을 파고들어야 했는데, 정반대의 행동으로 나섰지. 그런 모습에 놀라서 생각을 바꾼 거야. 서둘러야겠다고 말이야."

계단의 꼭대기까지 올라간 고양이는 천천히 뒤를 돌아보았다. 고양이를 따라서 뒤를 돌아본 나나미는 경악한 나머지 입을 다물 수 없었다. 광대한 성은 불길과 연기에 휩싸여 실체를 알아볼 수 없을 정도였다.

자신들이 어디로 들어왔는지조차 알 수 없었다.

미로처럼 복잡한 성벽과 크고 작은 수많은 첨탑이 아득히 멀리까지 이어져 있었다. 사방에서 연기가 피어오르고 불길이 솟구쳤으며, 불이 붙은 채 펄럭이는 깃발과 바람을 받아 하늘에서 춤을 추는 현수막이 눈에 들어왔다. 가끔 피부가 따가울 만큼 뜨거운 바람이 불어와, 찌릿찌릿 튀는 불꽃과 탄내가 나는 그을음을 성안으로 날려 보냈다.

"저 탑의 곳곳에 아직 그들이 가져온 책이 남아 있어. 가둬두면 언젠가는 힘이 없어진다고 말했지만, 그때까지 기다릴 여유조차 없는 거겠지. 성과 함께 모든 걸 불태우는 게 회색 남자가 내린 결론이야."

"그 사람과 이야기해야겠어."

"그래, 그게 먼저야."

성안으로 시선을 돌리자 안쪽까지 새빨간 카펫이 깔려 있었다. 군데군데 불에 탄 자국이 있는 건 불티가 날아온 탓이다. 더구나 커다란 통로 여기저기에 하얀 책들이 흩어져 있었다. 재상이 만들던 '새 책'이었다. 운반하는 도중에 무참하게 방치된 모양이었다. 이런 곳에 불이 붙으면 눈 깜짝할 사이에 성안까지 불길이 번질 것이 틀림없었다.

새빨간 카펫을 따라 '장군의 방'으로 들어가자 텅 빈 홀은 지난번에 왔을 때보다 더 황폐한 분위기가 감돌았다. 카펫은 찢어지고 기울어진 샹들리에에는 거미줄이 처져 있었으며, 돌 받침대 위에 방치된 서적은 뿌옇게 먼지를 뒤집어쓰고 있었다. 그 이후 얼마 지나지도 않았는데, 마치 수십 년의 세월이 흐른 듯했다. 시간의 흐름보다 공간을 더 황폐하게 만드는 것은 사람들의 기억에서 잊혀지는 것인지도 모른다.

나나미와 고양이는 걸음을 멈추지 않았다.

'장군의 방'을 지나 '재상의 방'으로 들어갔지만, 여기도 사람의 그림자조차 보이지 않았다. 뿐만 아니라 그토록 강력하게 움직이던 강철 제본기가 지금은 초라하게 버려져 있었다. 피스톤은 금이 가고 톱니바퀴는 뒤틀어졌으며 거대한 프레스기는 크게 기울어져 있었다. 군데군데 지저분한 종이 다발이 끼어 있고, 기계 밑에는 쓰레기로 변한 '새 책'이 쌓여 있었다. 이 거대한 기계공장의 한가운데에서 히죽 웃고 있던 재상의 모습이 마치 꿈처럼 여겨졌다.

그래도 나나미는 걸음을 멈추지 않았다.

기름으로 더러워진 카펫을 걸어가자 예상대로 재상이 앉아 있던 검은 소파는 사라지고, 그 대신 벽에 새로운 문이 나 있었다. 그곳에만 위병 한 명이 부동자세로 서 있었다.

"누구냐? 이 앞쪽은 국왕 폐하의 방이다."

나나미는 목소리에 힘을 주어 대답했다.

"그 왕을 만나러 왔어!"

회색 병사는 발뒤축을 울리고 경례했다.

"국왕 폐하께 손님이다!"

복창하는 목소리는 들리지 않고, 그 병사의 목소리만 음침하게 메아리치면서 멀어졌다. 이윽고 정적 속에서 커다란 문이 좌우로 열렸다.

문 너머에는 광대한 공간이 펼쳐져 있었다.

여기까지 걸어왔던 새빨간 카펫은 문 앞에서 폭이 더 넓어져 안쪽으로 이어졌다. 카펫의 양쪽에는 하얀 돌로 만든 두꺼운 원기둥이 일정한 간격으로 늘어서 돔 모양의 높은 천장을 떠받치고 있었다. 각각의 원기둥에는 어른의 키 높이에 촛불이 켜져 있어서 새빨간 카펫은 밝게 보였지만 양쪽은 컴컴한 어둠이 자리해 '왕의 방'이 얼마나 넓은지 알 수 없었다. 자세히 쳐다보니 카펫의 양쪽에는 버려진 방대한 '새 책'이 높이 쌓여 있어, 피로 뒤범벅이 된 복도가 새하얀 모래사장을 관통하는 듯 섬뜩한 대비를 이루었다.

"'왕의 방'에 온 걸 환영한다."

조용한 홀에 메마른 목소리가 울려 퍼졌다.

넓은 홀 맨 안쪽의 몇 계단 높은 단상에, 기이한 모양의 새하얀 의자가 놓여 있었다. 등받이만 해도 몇 미터나 되었지만 장식도 색채도 없이 밋밋하고 새하얀 돌 옥좌였다. 그곳에 회색 양복을 입은 남자가 앉아 있었다.

나나미는 기죽지 않고 똑바로 걸어갔다.

옥좌에 앉은 사람은 키도 크고 어깨도 넓은 신사였다. 장군도 재상도 아니었다. 체격이 좋아서 언뜻 젊어 보였지만, 눈가와 뺨에는 세월의 흔적인 깊은 주름이 패어 있고, 옥좌에 앉아 있는 모습만으로도 독특한 풍격이 느껴졌다. 하지만 여기에서는 그런 외모의 변화가 별 의미 없다. 지금은 나나미도 그것을 알고 있다. 확실한 것은 하나씩 문을 열고 겨우 여기까지 도착했다는 것이다.

"나나미, 잘 왔다."

조금도 망설이지 않고 가까이 다가간 나나미를, 회색 왕은 나른한 미소를 지으며 맞이했다.

왕은 침착하게 앉아 있었지만 이미 힘이 약해진 기척이 농후했다. 풀 먹인 양복은 여기저기 눌어붙은 데다 찢어진 부위도 있었다. 신발은 그을음으로 새카맣고, 발밑에는 사냥모가 버려져 있었으며, 뒤에는 위병도 보이지 않았다. 게다가 옥좌 주변까지 '새 책'이 어지럽게 쌓여 있었는데, 좌우에 있는 촛불 빛을 받아 책에 새겨진 음영이 잔물결처럼 가볍게 흔들렸다.

"그래, 네가 올 줄 알았다. 넌 저 불과 연기를 보고도 도망치지 않으리라 생각했지."

옥좌에 팔꿈치를 댄 채 왕은 즐거운 표정으로 어깨를 들썩이며 웃었다. 즐거운 것처럼 행동했지만 회색 얼굴에는 피로한 기색이 역력했다.

"모든 걸 불태우다니, 이런 짓을 내버려둘 수는 없어."

"그렇게 책이 중요한가?"

"책은 중요해. 하지만 책만이 아니야. 당신이나 밖에 있는 병사들도 대피하지 않으면 위험해."

나나미의 또렷한 목소리를 듣고 왕은 겁먹은 듯이 얼굴을 찡그렸다.

"또 그런 말을 하는군······. 넌 참으로 이해하기 힘든 존재다."

왕은 괴로운 듯 미간에 주름을 잡더니, 손으로 목덜미의 넥타이를 느슨하게 풀었다.

"네가 올 때까지 나는 망설임 같은 건 없었다. 난 항상 인간을 위해 최선을 다해왔지. 실제로 내 말을 따른 자들은 사회에서 성공해 높은 지위를 손에 넣었다."

왕은 귀찮은 듯 넥타이를 빼내어 옆에 던져버리고 말을 이었다.

"난 딱히 명령한 게 아니야. 너희가 더 자유롭게 살고 싶다고 했잖아? 자신만 잘살면 된다, 그렇게 바란 건 너희야. 난 그저 그 소원이 이뤄지도록 도와줬을 뿐이지. 그런데······."

왕의 목소리는 거의 한탄에 가까웠다.

"그런데 넌 지금 내 몸을 걱정하는 건가?"

"당신이 지금까지 뭘 봐왔는지는 몰라. 하지만 이 세상엔 그런 사람만 있는 게 아니야. 내 주변에는 그렇지 않은 사람도 있어."

"가엾지만 그건 미숙한 환상에 불과하다. 그대로 있으면 너도 짓밟히는 쪽에 서게 될 뿐이야."

왕은 서글픈 눈으로 나나미를 바라보며 말을 이었다.

"욕망을 추구하면서 더 많은 부를 축적하고 더 많은 쾌락을 손에 넣는 것. 지금은 그렇게 욕망에 사로잡혀 사는 걸 '자유'라는 이름으로 부르는 시대지. 물론 그렇지 않은 시대도 있었어. 욕망을 조절하고, 욕망에서 자유로워지는 것이야말로 진정한 '자유'라고 정의하는 시대 말이야. 하지만 그건 이미 지난날의 추억일 뿐, 다시는 돌아갈 수 없어. 돌아갈 수 없을 정도로 내 힘은 커져버렸지."

왕의 목소리는 광대한 홀에서 반향이 되어 수많은 메아리를 이끌고 어둠 속으로 사라졌다.

"너처럼 약한 쪽에 있는 인간은 믿고 싶지 않겠지. 하지만 언젠가는 깨달을 거야. 인간의 욕망이 만들어낸 시스템은 바야흐로 인간의 손을 떠나 멋대로 폭주하기 시작했다는 걸. 시스템 자체가 욕망이 되어서 반대로 인간을 집어삼키려 하고 있다는 걸."

남자의 말은 너무나 어려워서, 나나미가 이해할 수 있는 영역을 이미 초월했다.

그때 불쑥 입을 연 것은 나나미의 발밑에 있는 고양이였다.

"왕이여, 당신은 왜 그렇게까지 절망하고 있지?"

"절망?"

고양이의 말을 듣고 왕은 천천히 시선을 돌렸다.

"그렇군. 어쩌면 그럴지도 모르지. 난 '함께 걸어가는 자'로서, '만들어진 자'로서, 지금까지 모든 걸 봐왔어. 인간이 달라지는 모습을 말이야."

"아무리 그래도 난 인정하지 않아. 난 다른 광경을 봐왔으니까."

나나미의 말이 끝나기도 전에 왕은 비웃음으로 대꾸했다.

"그러면 네가 봐온 광경이란 걸 내게도 보여주지 않겠나?"

왕은 느긋한 동작으로 높은 천장을 올려다보며 말을 이었다.

"이제 곧 여기도 불길에 휩싸이겠지. 어떡할 건가? 책 같은 건 버리고 빨리 피하는 게 좋지 않겠나? 아니면 너 혼자 가져갈 수 있는 책만 가지고 도망칠 건가? 뭐, 몇 권 정도는 가져갈 수 있겠지. 하지만 대부분의 책은 모두 불바다에 떨어질 거야. 용감한 소녀여, 어떡할 거냐?"

나나미의 강력한 목소리가 왕의 말을 가로막았다.

"방법은 있어."

왕은 다시 미간을 찌푸리며 나나미를 똑바로 쳐다보았다.

"방법은 있어. 나 혼자서는 도저히 불가능하지만 모두의 힘을 합치면 가능해."

"모두?"

왕은 이해할 수 없는 외국 말이라도 들은 것처럼 고개를 갸웃거렸다.

"나와 당신과 밖에 있는 병사들까지 힘을 합쳐서, 다 같이 책을 가지고 성을 빠져나가는 거야. 그러면 나도 당신도 병사들도 책도, 전부 구할 수 있어."

왕은 어안이 벙벙한 표정을 짓더니, 입을 반쯤 벌린 채 옥좌에서 몸을 앞으로 내밀었다.

이렇게 놀란 얼굴은 나나미도 처음 보았다. 왕뿐만이 아니다. 발밑에 있는 고양이까지 눈을 휘둥그레 뜨고 나나미를 올려다보았다.

"너……"

왕은 너무나 놀란 나머지 뒷말을 잇지 못하고, 공허한 시선으로 허공을 쳐다보았다.

"너 지금 무슨 말을 하는 거지?"

"누구나 혼자 할 수 있는 일은 한정돼 있어. 난 당신을 두고 가지도 않고, 책도 버리지 않아. 다 같이 힘을 합쳐서 할 수 있는 가장 좋은 방법을 말한 거야."

왕은 다시 입을 벌린 채 나나미를 보면서 천천히 옥좌의 등받이에 몸을 맡겼다. 이윽고 그의 어깨가 작게 떨렸다. 작은 떨림이 점점 커지더니, 마침내 왕은 천장을 올려다보며 폭발할 것처럼 웃음을 터트렸다.

그러고는 도저히 참을 수 없는지 오른손으로 배를 누르며 옥좌에서 몸부림쳤다. 시끄러운 웃음소리가 홀에 메아리치고 다시 합창하듯 울려 퍼졌다.

"나나미…… 넌 정말 대단한 아이야……."

이를 악물고 웃음을 참으면서 왕은 가까스로 중얼거렸다. 그래도 아직 못다 웃었는지, 어깨를 떨면서 말했다.

"생각났어……. 옛날에 너 같은 사람이 있었지."

"옛날?"

"그 무렵, 난 아직 단순한 도구에 불과했어. 사람과 사람을 연결하는 하나의 수단에 지나지 않았지. 하지만 어느새 달라졌어. 수단이 목적으로 바뀌고 신뢰는 모습을 감췄으며 욕망만이 모이게 됐지. 그러고 보니 참 오랜 세월이 흘렀군."

먼 곳을 바라보듯 왕의 눈길이 깊어졌다.

"네가 조금만 더 일찍 왔더라면…… 어쩌면…… 아니……."

목소리가 드문드문 끊어졌다.

그때 옥좌의 뒤쪽에서 무언가 느릿느릿 몸을 움직였다.

나나미가 흠칫 놀라며 몸을 움츠렸다.

"녀석이야."

고양이의 말까지 들을 것도 없었다. 거무칙칙하고 압도적인 무언가였다.

왕의 내부에 거대한 무언가가 있었다. 아니, 무언가는 처음부터 나나미의 앞에 있었다. '장군의 방'에 갔을 때도, '재상의 방'에 갔을 때도.

지금 '왕의 방'에서 몸을 일으킨 무언가는 이제 '그 남자'가 되어 서서히 머리를 치켜들었다.

"참으로…… 오랜만에 그런 느낌을 받는군……."

억양 없는 목소리가 들리고, 옥좌에 앉은 남자가 유리구슬 같은 눈으로 나나미를 쳐다보았다.

차갑게 얼어붙은 손길이 등을 어루만지는 듯한 감각을 나나미는 이미 알고 있었다.

"나나미, 참으로 용감한 소녀구나."

회색 왕은 천천히 옥좌에서 일어났다. 그것만으로 목덜미를 잡힌 듯 강렬한 압박감이 밀려왔다.

나나미가 목소리를 짜내며 물었다.

"당신은…… 당신은 누구지?"

"경의를 표하는 뜻에서 세 번째 힌트를 주지."

왕은 즐거운 얼굴로 중얼거리며 옥좌의 양쪽에 있는 촛대 중 하나로 천천히 걸어갔다. 어른 가슴 높이에 있는 촛대에서 촛불이 하늘하늘 흔들렸다.

"난 이 세계의 모든 존재 중에서 유일하게 자연의 법칙을 따르지 않는 자……."

왕은 손으로 촛대를 들고, 자신을 바라보는 나나미를 돌아보았다.

"난 '증식하는 자'다."

뼛속까지 싸늘해지는 목소리였다.

촛불이 왕의 회색 뺨을 핥듯이 비췄다.

다음 순간, 왕의 입에서 웃음소리가 새어 나왔다.

"다 같이 책을 들고 도망친다……. 생각지도 못한 발상이로군. 어쩌면 그 무렵에는 그렇게 했을 수도 있었겠지. 하지만 이미 때는 늦었다."

왕은 한 손에 촛대를 든 채 느린 걸음으로 옥좌 앞을 걷기 시작했다.

"나나미, 나와 내기를 하지 않겠나?"

왕의 입에서 뜻밖의 말이 나왔다. 더구나 위험한 기척이 감도는 말이었다.

고양이가 나나미 앞으로 나섰다.

"나나미, 조심해."

"알고 있어."

왕은 대화를 주고받는 나나미와 고양이를 유쾌한 얼굴로 바라보면서 말했다.

"네 마음은 확실히 강하다. 하지만 나를 억누르는 건 불가능해. 나를 움직이는 건 너희 자신이니까."

"뭘 하려는 거지……?"

심상치 않은 공기가 나나미의 온몸을 휘감았다.

왕은 옥좌 앞을 지나서 반대편 촛대도 손에 들었다. 양손에 작은 불꽃을 들고 왕은 나나미와 고양이 쪽으로 몸을 돌렸다.

"나는 더 힘을 키울 것이다. 그러면 세상은 더욱 풍요로워지겠지. 하지만 그건 어디까지나 겉으로 보여지는 세상이다. 내 눈에는 무수한 시체 위에 한 줌의 절대적인 승자가 군림하는 황량한 광경이 보인다. 사람과 사람이 끊임없이 서로 상처 주는 세계지. 책의 힘 같은 건 완전히 멸망한 세계다."

"그렇게 되진 않아!"

나나미의 대답은 단호했다.

왕의 말을 인정할 여지는 티끌만큼도 없었다.

너를 지키려는 고양이

그 대답을 듣고 왕은 만족한 표정을 지었다.

"넌 정말로 책에 힘이 있다고 생각하는군."

나나미는 고개를 크게 끄덕였다. 흔들리는 건 아무것도 없다. 두려워할 이유도 없다. 회색 남자가 봐온 것에 비하면 훨씬 작을지도 모르지만, 그래도 나나미는 지금까지 자신의 세계에서 살아왔다. 사람은 혼자 사는 게 아니다.

"훌륭한 대답이다."

왕이 히죽 웃었다. 처절한 웃음이었다. 그 순간, 계속 몸을 웅크리고 있던 거무칙칙한 것이 얼굴을 내민 듯한 기척이 느껴졌다. 한순간 숨이 막힐 뻔했던 나나미의 귓가에 재미있어하는 왕의 목소리가 들렸다.

"그렇다면 살아서 여기를 나가보아라."

다음 순간, 놀라운 일이 벌어졌다.

왕이 양손에 들고 있던 촛대를 그대로 놓아버린 것이다. 지지대를 잃어버린 촛대는 중력의 법칙에 따라 곧장 아래로 떨어졌다.

촛대가 책 위로 떨어지는 메마른 소리가 두 번 울렸다.

촛불이 가볍게 튀었다. 수많은 하얀 책 위에서 불길이 우아하게 춤을 추었다. 한순간 늦게 스포트라이트라도 받은 것처럼 왕의 발밑이 밝게 타올랐다.

아연해하는 나나미의 귀에 왕의 커다란 웃음소리가 들렸다.

"왜 이런……."

"내게 보여다오, 책의 힘이란 걸."

불길의 한복판에서 왕이 여유롭게 미소 지었다. 회색 양복조차 발밑에서 타오르는 불길에 삼켜질 것 같았다.

"이 세계는 약육강식이라고 말했을 텐데. 약한 자는 강한 자의 불길에 휩싸여 쓰러질 수밖에 없다. 그걸 극복할 수 있다면 네 힘을 보여다오. 그것이 너와 나의 내기다."

왕이 불길 속에서 두 손을 펼쳤다.

"살아남아 보거라. 건투를 빌겠다."

큰 웃음소리와 함께 우아하게 고개를 숙인 커다란 몸이 눈 깜짝할 사이 불길에 휩싸였다.

뿐만 아니라 시뻘건 불길의 혀가 순식간에 '왕의 방' 전체로 퍼져 나갔다. 진홍색 독사가 미끄러지듯 앞으로 나아가며 새빨간 카펫의 양쪽에 쌓여 있던 '새 책'을 삼켜나갔다.

고양이가 뭐라고 외쳤지만 멍하니 서 있는 나나미의 귀에는 들리지 않았다. 불길은 맹렬한 기세로 새하얀 돌기둥까지 휘감았다.

"나나미!"

겨우 고양이의 목소리가 들렸지만 나나미는 아직 눈앞에서 벌어진 일이 도무지 믿기지 않아 멍하니 서 있었다.

"어서 도망치자! 왕은 인간의 부정적인 감성을 너무 많이 받아들여서, 이제 돌아올 수 없어."

"하지만……."

"망설일 시간이 없어!"

뒤를 돌아본 나나미는 소름이 끼쳐서 목을 움츠렸다.

이미 '왕의 방' 입구까지 불길이 뻗어 나가고 있었다. 카펫이 깔린 길이 겨우 남아 있을 뿐, 양쪽은 이미 불바다로 변했다. 다시 단상을 올려다보았지만, 왕의 모습은커녕 새하얀 옥좌도 보이지 않았다.

"뛰어!"

고양이의 목소리가 채찍질이 되어 나나미는 달리기 시작했다.

하지만 '왕의 방'에서 뛰어나간 순간, 경악하며 걸음을 멈췄다. '재상의 방'도 이미 불길에 휩싸인 것이다.

약간의 불티가 기름에 옮겨 붙으면서 엄청난 기세로 불길이 번지더니, 톱니바퀴와 톱니바퀴 사이로도 불길이 힘차게 솟구치고 있었다. 삐걱삐걱하는 기이한 소리가 들린 건 복잡하게 맞물린 기계들이 열에 견디지 못해 비명을 지르는 것이었다.

"나나미, 서둘러!"

고양이의 날카로운 외침은 귀를 찌르는 기이한 소리에 지워져버렸다.

오른쪽에 높이 솟구쳐 있던 거대한 프레스기가 불길에 휘말리면서 크게 삐걱거린 것이다. 그와 동시에 안 그래도 기울어져 있던 강철 탑이 소리를 내며 무너졌다.

'아!' 하고 소리칠 틈도 없었다.

고양이가 달려들듯이 나나미를 밀침과 동시에 거대한 기계가 쾅

음과 함께 쓰러졌다. 어마어마한 땅울림과 눈도 뜰 수 없는 분진, 그리고 뜨거운 바람.

자욱한 연기 속에서 바닥에 쓰러진 나나미는 움직일 수가 없었다. 그래도 바닥에 부딪힌 왼쪽 어깨를 누르고 기침을 하면서 가까스로 몸을 일으켰다. 그러다 몇 센티미터 위에 가로질러 쓰러진 철골에 머리를 부딪혔다. 나나미는 몸을 덜덜 떨면서 숨을 들이마셨다. 그대로 서 있었다면 철골에 머리를 직통으로 맞았을 것이다.

'다행히 몸은 움직여……'

혼란스러운 머리로 그것만 확인하고 주위를 둘러보니, 철골과 톱니바퀴 사이의 좁은 공간에 얼룩고양이가 쓰러져 있는 것이 보였다.

나나미는 정신없이 다가가려고 했지만 쉽지 않았다. 반쯤 부서진 기계 사이로 기어 들어가 겨우 고양이에게 다가갔다. 강철도, 기계도 불길에 달궈졌지만, 뜨거움도 아픔도 느껴지지 않았다.

"이럴 수가…… 제발 눈을 떠봐……!"

겨우 두 팔로 들어 올려 가슴에 안은 고양이는 힘없이 축 늘어져 있을 뿐이었다. 쓰러지는 철골에 그대로 부딪힌 것이리라. 불길에 탔는지 배 옆쪽이 검붉게 그슬려 있었다.

"눈을 떠봐, 제발!"

"당황하지 마……"

나나미의 간절한 외침을 듣고 고양이가 연약한 목소리로 대꾸했다.

"살아 있어?"

"살아 있고말고. 적어도 지금까지는……."

지금 상황에서 이런 유머는 너무 심하지 않은가. 고양이의 떨리는 목소리가 이어졌다.

"여기 있으면…… 어떻게 될지 몰라. 빨리 도망쳐."

"널 두고 가라고? 그게 말이 돼?"

"하지만…… 고양이를 안고 이런 곳을 빠져나가긴 힘들어."

고양이가 비취색 눈을 가늘게 뜨고 주변을 둘러보았다.

나나미의 시야는 온통 무수한 기계로 가득 차 있었다. 일어설 수 있는 공간은 없고, 어지럽게 뒤섞여 있는 톱니바퀴나 철골 사이에 가까스로 지나갈 수 있는 틈이 보이는 정도였다. 더구나 눈길 닿는 곳마다 온통 작은 불길이 타오르고 시커먼 연기도 떠다녔다.

"빨리 가……."

"널 두고 갈 순 없어."

"말만이라도 고마워. 하지만 절망에서 나온 말이라면 사절이야."

"하지만 이렇게 됐는데……."

"난 괜찮아."

고양이가 희미하게 웃었다. 말할 것도 없이 그건 지금까지 나나미가 고양이한테 해온 말이었다.

나나미도 억지웃음으로 대꾸하려고 했지만 실패했다.

"어떻게 그렇게 말할 수 있지? 어떻게 하면 좋을지 몰라서 앞이 캄캄한데……."

고양이가 힘없이 말했다.

"근거 같은 건 없어. 근거는 없어도 희망은 되살아나지……."

나나미는 흠칫 놀라며 눈을 크게 떴다.

"그렇잖아?"

고양이는 희미하게 웃었지만 곧바로 축 늘어져서 정신을 잃었다.

나나미는 고양이를 억지로 깨우려고 하지 않았다. 고양이가 희미하게 숨을 쉬는 걸 확인하고 다시 가슴에 껴안았다. 필사적으로 주변을 둘러보았지만 도와줄 사람이 있을 리 만무했다. 출구가 어느 방향인지조차 알 수 없었다. 다만 보이는 것은 강철과 연기와 불길뿐이었다.

불길 때문에 머리가 뜨거워졌다. 연기로 인해 시린 눈을 닦자 손등에 새카만 그을음이 묻어났다. 아마 얼굴은 온통 그을음투성이가 되었으리라.

나나미는 고양이를 안은 채 가까스로 철골 밑을 기어갔지만 곧 앞이 막혔고, 반사적으로 움직였지만 불길이 먼저 와서 또 앞길을 막았다.

"희망은 되살아난다."

가슴속에 있는 말을 나나미는 소리 내서 중얼거렸다. 날아가 버릴 것 같은 희망의 조각을 고양이와 함께 죽을힘을 다해 가슴에 껴

안고 정신없이 출구를 찾았다.

"희망은 되살아난다······."

나나미는 갈라진 목소리로 다시 말하고, 조금이라도 나아갈 곳을 찾아서 움직였다.

하지만 이내 막다른 곳에 부딪혀 또 다른 출구를 찾아 움직여야 했다. 방향을 바꿀 때마다 빛나는 희망이 조금씩 무너져 내렸다.

발밑에서 무겁고 차가운 절망이 스멀스멀 기어 올라왔다.

'희망은 되살아난다······.'

언제부터일까? 시야의 한 귀퉁이에서 나비 한 마리가 날아다녔다. 빨강과 파랑, 노랑의 선명한 색깔이 뒤섞인 아름다운 나비였다. 뜨거운 바람과 검은 연기의 한복판에서 일곱 색깔의 보석이 화려한 춤을 추었다.

어떻게 이런 곳에 나비가······, 하고 생각하지는 않았다. 환각이라고도 생각하지 않았다. 그 나비를 보면 무너질 것 같은 마음이 이상하리만큼 진정되어서 나나미는 말없이 계속 움직일 수 있었다.

나비를 쫓아서 철골을 빠져나가고, 부러진 강철 기둥 사이로 몸을 밀어 넣어 불길을 피해가면서 나나미는 출구를 찾았다. 어느새 춤추는 나비가 보이지 않아도 움직임을 멈추지 않았다.

그때 어디선가 굉음이 들렸다. 왕성이 무너지기 시작한 것이다. 출구가 막힐지 모른다는 공포와 싸우면서 계속 나아갔지만, 그곳 또한 무수한 톱니바퀴가 쌓여 있어서 지나갈 틈이 없었다.

출구가 없다…….

나나미는 고양이를 안은 채 입술을 깨물었다. 치밀어 오르는 눈물을 억지로 집어삼킨 순간, 작고 검은 그림자가 나나미의 눈앞으로 달려왔다. 강철과 불길 사이를 절묘하게 빠져나온 그것은 나나미의 앞까지 와서 움직임을 멈췄다. 이번에는 나비가 아니라 작은 생쥐였다.

나나미가 숨을 들이마신 것은 생쥐를 보고 놀라서가 아니었다. 초록빛 털에 졸린 눈을 하고 있는 그 생쥐를 어디선가 본 적이 있었던 것이다.

생쥐는 마치 나나미가 부르기를 기다리고 있었던 것처럼 빤히 쳐다보았다. 나나미의 가슴에 따뜻한 기운이 살포시 퍼져 나갔다.

"너……."

생쥐가 미소를 지었다.

"너 혹시 시인 들쥐야?"

생쥐는 약간 쑥스러워하면서 일어서더니, 손을 가슴에 대고 정중히 인사했다. 그 동작도 나나미는 알고 있었다.

생쥐는 가슴에 대고 있는 왼손으로 오른쪽을 가리키며 고개를 끄덕였다.

"저쪽?"

생쥐는 다시 고개를 끄덕였다.

"여기서 빠져나갈 곳이 있어?"

나나미의 말이 끝나기도 전에 생쥐는 재빨리 달려서, 앞쪽의 철골 사이를 절묘하게 뛰어넘었다. 나나미는 고양이를 안은 채 생쥐의 뒤를 쫓아갔다. 그곳은 아직 불길이 뻗치지 않은 데다 나나미가 지나갈 만한 틈도 있었다.

나나미는 철골 사이를 뚫고 가까스로 앞쪽을 향해 걸어갔다. 당장이라도 무너질 듯한 잔해 사이를 기어서, 무너질 듯한 희망을 붙잡으며 얼마나 걸어갔을까. 별안간 일어설 수 있을 만큼 주변이 넓어졌다.

강철의 미로를 빠져나온 것이다. 주변은 온통 쓰러진 기둥과 무너진 돌벽으로 엉망이 되어 있었으나, 나나미가 있는 곳까지는 불길이 미치지 않았다. 한순간 어디로 나왔는지 알 수 없었지만, 발밑에 산산이 부서진 샹들리에의 잔해를 보고 금세 알아차렸다.

"'장군의 방'이야……."

그 중얼거림에 대꾸하듯 앞쪽에서 부드러운 빛이 점점이 켜졌다.

잔해 속에서 마치 출구를 가리키는 이정표처럼, 배를 안내해주는 등대처럼 몇 권의 책이 다정한 빛을 내뿜었다. 기울어진 돌 받침대 위에 놓인 『해저 2만 리』, 무너진 벽돌에 파묻힌 『보물섬』, 표지가 반쯤 찢어진 『모비 딕』…….

눈으로 빛을 쫓아가자 앞쪽에 반쯤 무너진 커다란 문이 보였다. 체구가 작은 나나미라면 고양이를 안고도 간신히 나갈 수 있을 것 같았다.

나나미는 고양이를 고쳐 안고 걷기 시작했다. 샹들리에의 파편을 피하고 벽돌을 걷어차며 잔해를 올라갔다. 무너진 출구를 빠져나가려다 걸음을 멈추고 홀을 돌아보니, 아직 희미한 빛을 내뿜고 있는 책이 보였다.

"고마워."

나나미는 작게 인사를 하고 곧바로 눈앞의 틈으로 기어 들어갔다.

그 너머는 이미 홀의 밖이었다.

나나미는 겨우 정면의 큰 통로로 나왔지만 잠시도 쉴 틈이 없었다. 왕성의 입구에 회색 얼굴의 병사들이 모여든 것이다. 정면 계단을 올라오는 것만이 아니었다. 기둥의 뒤쪽과 측량의 작은 계단에서도 속속들이 모여들었다. 성 밖까지 불길에 휩싸이려고 하는데, 병사들은 그런 것에는 눈길도 주지 않고 열심히 성안을 돌아다니고 있었다.

그때 병사 한 명이 잔해 옆에 서 있는 나나미를 발견했다.

병사는 나나미를 발견했다고 소리침과 동시에 총을 겨누었다. 또한 나나미가 옆의 잔해 뒤쪽으로 뛰어듦과 동시에 날카로운 총소리가 울려 퍼졌다. 한 발에 이어서 다시 총소리가 울리고, 총알이 벽돌에 맞아 작은 돌멩이 파편들이 사방으로 튀었다.

"저기 숨었다."

"왕의 명령이다. 잡아라."

감정 없는 차가운 목소리가 여기저기서 솟구치고, 천장의 높은 공간에 메아리치면서 나나미를 사방으로 에워쌌다.

나나미는 움직이지 않았다. 지금은 고양이를 안은 채 몸을 웅크리는 수밖에 없었다. 상대는 너무나 많고 총까지 가지고 있었다. 지금 함부로 뛰어나가면 어떻게 될지는 불을 보듯 훤하다.

"희망은 되살아난다……."

나나미는 고양이를 안은 채 기도하듯 그 말을 되풀이했다.

병사들의 발소리가 나나미를 향해 다가왔다. '재상의 방'에서 끊임없이 책을 쏟아내던 제본기의 움직임이 떠오르는 정연한 리듬의 발소리였다.

'희망은 되살아난다…….'

구원을 바라며 높은 천장을 올려다본 순간, 나나미는 아무 소리도 내뱉지 못한 채 그대로 얼어붙었다. 나나미의 시야에 회색 얼굴이 불쑥 나타난 것이다.

"찾았다."

회색 병사의 회색 목소리가 나나미의 귀를 때렸다.

병사는 기계처럼 정확한 움직임으로 나나미에게 총구를 겨눴다. 그 동작이 슬로비디오처럼 보인 건 생각 탓일까. 나나미는 고양이를 안은 채 눈을 꼭 감았다.

바로 그때, 예리한 총소리가 주변을 가득 메웠다.

한 발이 아니었다.

연달아 총소리가 울리고, 한순간 뒤에서 털썩 하는 묵직한 소리가 들렸다.

살며시 눈을 뜨고 나나미는 숨을 들이마셨다. 눈앞에 회색 병사가 쓰러져 있었다. 회색 병사와 교대하듯 나나미의 앞에 장검을 든 장신長身의 남자가 나타났다. 남자는 어안이 벙벙해 있는 나나미 앞에서 허리에 검을 끼우더니, 우아하게 무릎을 꿇고 환하게 빛나는 아름다운 미소를 지으며 말했다.

"무사하신지요?"

짧은 한마디를 하는 동안에도 남자 몇 명이 달려와서 나나미를 지키듯 에워쌌다.

회색 병사들은 아니었다. 선명한 파란색 옷을 입은 남자들이었다. 허리 벨트에 검을 끼우고, 오른손에는 머스킷 총을 들고 있었다. 바다처럼 파란 옷의 가슴에는 아름다운 하얀 십자가가 수놓여 있었다. 나나미는 그 십자가를 본 기억이 있다. 있을 수 없는 일이지만 분명히 그 문장紋章을 알고 있다.

"총사대……"

중얼거리는 나나미를 향해 남자는 상큼한 미소를 지으며 고개를 끄덕였다.

검과 총으로 무장하고 있지만 야비한 느낌은 티끌만큼도 없고, 세련된 동작과 소탈한 미소가 나나미의 가슴에 파고들었다.

"늦지 않았군요. 다행입니다."

너를 지키려는 고양이

하지만 총사는 곧바로 왕성의 입구를 예리하게 노려보았다. 새빨간 카펫 너머에서 새로운 병사들이 떼로 나타난 것이다.

"포르토스!"

남자의 힘찬 목소리를 듣고 뒤쪽에 서 있던 거한이 대답했다.

"알고 있어. 총사대, 2열 횡대!"

공간을 제압하는 거한의 우렁찬 목소리가 울려 퍼지자 주변에 있던 총사들이 재빨리 대열을 정비하고 정연히 총을 겨눴다. 거한이 들어 올린 굵은 팔을 내림과 동시에 열 정이 넘는 머스킷 총이 일제히 포효하면서 지금 막 올라온 회색 병사들을 우르르 쓰러뜨렸다.

"나나미 양, 다친 데는 없는 것 같군요."

뒤쪽에서 벌어진 격전에는 눈길도 주지 않고, 장신의 총사가 침착하게 말을 걸었다.

"늦어서 죄송합니다. 다행히 아슬아슬하게 도착한 것 같군요."

"저를 알고 있나요?"

"물론입니다. 당신을 구하기 위해 왔으니까요."

"저를 구하기 위해서요?"

그때, 바람을 가르는 매서운 소리가 들리더니 탄환이 남자의 뺨을 스쳤다. 남자가 뒤를 돌아본 곳에서 총사 한 명이 소리도 없이 쓰러졌다.

왕성의 입구에 또 새로운 회색 병사들이 나타난 것이다. 총사들은 기둥과 잔해 뒤에 숨어서 응전했지만, 애석하게도 상대의 숫자가 너무 많았다.

"포르토스, 어떻게 안 되겠나?"

"내가 무슨 수로 어떻게 해! 상대의 숫자를 보라고!"

그렇게 말하며 내려온 거한의 총사는 나나미 옆에 몸을 숙이고 재빨리 머스킷 총에 탄환을 넣으면서 혀를 찼다.

"숫자가 너무 많은 데다 무턱대고 전진하고 있어. 표적이 되고 싶은 것 같아."

"투덜거리지 마, 포르토스. 조금만 버티면 돼."

"알고는 있지만 오래가지는 못해. 아토스 녀석, 뭘 꾸물거리는 거야?"

거한이 잔해 사이로 발포하는 동안에도 기둥 뒤에 있던 총사가 또 한 명 쓰러졌다.

나나미는 몸도 움직일 수 없고 말도 할 수 없었다.

그런 상황에서도 눈앞의 총사는 우아한 미소를 무너뜨리지 않았다.

"나나미 양, 들은 대로입니다. 용맹무쌍한 포르토스 경이 온 힘을 다해 싸우고 있지만, 적의 병사를 전부 막을 수는 없습니다. 언제까지나 여기 있어선 안 됩니다."

총사가 하얀 검지로 왼쪽 측랑 쪽을 가리켰다. 기둥 너머로 작은 나선형 계단이 보였다.

"어서 가십시오. 여기는 우리가 막겠습니다."

"그런……."

나나미는 고개를 크게 가로저었다.

"여러분을 두고 갈 순 없어요. 저를 구하러 오셨는데……."

"참으로 갸륵한 대답이군요. 달려온 보람이 있습니다."

총사는 익살스러운 미소를 지으며 말을 이었다.

"우리라면, 걱정할 필요 없습니다. 당신만 무사하다면 우리는 결코 쓰러지지 않으니까요."

"저만 무사하면요?"

"그렇습니다. 왕의 목표는 당신이에요. 이것은 곧 우리에게 던진 도전장입니다. 도전장을 받으면 산산조각을 내서 돌려주는 게 총사대의 방식이죠."

총탄이 날아다니는 곳에서도 끝까지 의연하게 대처하며 의지를 굽히지 않는다. 위기가 사라진 것은 아니다. 위기에 굴하지 않는 것뿐이다.

나나미는 열심히 할 말을 찾았다.

"하지만…… 저를 위해 와주셨는데 저만 도망치는 건……."

"도망치는 게 아니야."

갑자기 거한이 끼어들더니, 짙은 콧수염 밑으로 대담한 미소를 지으며 덧붙였다.

"이 미남자가 말한 대로야. 넌 반드시 이 성에서 탈출해야 해. 그러기 위해 우리가 여기 온 거니까."

"미남자하곤 상관없어. 신사의 예의라고 말해줘."

불쾌한 듯 얼굴을 찡그린 미남자를 향해 거한이 코웃음을 치며 대꾸했다.

"신사 좋아하시네. 여자라면 가리지 않고 좋아하는 밝힘증 환자 주제에."

"배짱 한번 좋군, 포르토스. 이 싸움이 끝나는 대로 총으로 네 머리에 구멍을 뚫어주지."

"쓸데없는 데 사용할 총알이 있으면 나한테 주시지. 곧 탄환이 떨어질 테니."

경쾌하게 독설을 주고받으면서도 두 사람은 정확한 동작으로 총에 탄환을 넣으며 응전했다.

나나미는 할 말을 찾지 못했다. 무슨 일이 일어나고 있는지는 모른다. 하지만 뭔가 커다란 힘이 자신을 지켜주고 있는 것만은 분명했다.

흘러넘치려는 눈물을 나나미는 이를 악물고 참았다. 지금은 울 때가 아니다. 그 대신 나나미는 고양이를 가슴에 안은 채 두 총사에게 깊숙이 고개를 숙였다.

만족스럽게 웃는 미남자 총사의 뒤쪽에서 거한이 머스킷 총을 내던지고, 허리의 장검을 빼 들었다. 주변에서 응전하던 총사들도 그를 따라서 총을 버리고 검을 들었다. 주변을 둘러보니 모두 검을 한 손에 든 채, 나나미를 배웅하듯 부드러운 미소를 지었다.

"나나미 양, 어서 가십시오."

스스럼없는 한마디와 함께 미남자 총사가 나나미의 등을 밀었다.

나나미가 잔해 뒤로 뛰어나감과 동시에 총사들도 일제히 숨어 있던 곳에서 튀어나왔다. 나나미를 지키기 위해서였다.

뛰어가는 나나미의 뒤에서 연달아 울려 퍼진 총소리는 이내 격렬한 칼싸움 소리로 바뀌었다. 시야의 한 귀퉁이에서 누군가 쓰러지는 모습이 보였지만 나나미는 돌아보지 않았다. 눈을 옆으로 돌리지도 않고 측랑을 빠져나가 앞에 있는 나선형 계단으로 뛰어갔다. 잠시도 망설이지 않았던 것은 그 계단을 본 적이 있어서였다. 처음 이 성에 왔을 때 올라갔던 곳이다. 성의 규모는 달라졌지만 기억은 확실히 남아 있다. 그때는 고양이가 눈앞에서 달려갔지만 지금은 그녀의 팔에 안겨 있다.

"희망은 되살아난다."

나나미는 주문처럼 읊조리면서 온몸의 힘을 짜내 계단을 올라갔다.

한순간 메마른 소리가 목구멍 안쪽에서 들렸다.

소름 끼치는 한기가 나나미의 목덜미를 뛰어다녔다.

철골 밑을 기어가고 잔해를 뛰어넘고 총탄을 피하면서 전력 질주를 했다. 몸이 무사할 리가 없었다. 하지만 여기서 천식 발작을 일으키면 더는 달릴 수가 없었다.

"희망은 되살아난다."

그때 아래쪽에서 발소리가 들렸다. 위압적이고 정연한 구둣발 소리가 계단을 집어삼키듯 한 계단씩 올라왔다. 물론 총사대의 발소리는 아니었다.

무서운지, 슬픈지, 괴로운지, 지금의 나나미는 그것조차 알 수 없었다.

가슴에서 나는 기이한 소리가 계속 퍼져 나갔다. 숨 쉬기 힘들어지고 호흡이 흐트러지면서 계단을 올라가는 발걸음이 확실히 무거워졌다.

"희망은 되살아난다……."

나나미의 발이 계단 중간에서 멈췄다. 포기한 건 아니다. 나나미는 고양이를 안은 채 다른 손으로 주머니에서 흡입기를 꺼냈다. 하지만 입에 대려고 한 순간, 떨리는 손에서 미끄러져 아래로 떨어졌다. 소중한 작은 병이 단단한 소리를 내면서 돌계단 밑으로 굴러갔다.

나나미의 얼굴에서 핏기가 사라졌다.

목을 조이는 듯한 고통이 단숨에 부풀었다.

"희망은……."

다음 말이 이어지지 않았다. 온몸에서 힘이 빠져나갔다.

"포기하지 마!"

그때 머리 위에서 강력한 소리가 들렸다. 흠칫 놀라서 얼굴을 든 순간, 나나미는 저도 모르게 숨을 멈췄다. 몇 계단 앞쪽에 회색 얼굴의 병사가 서 있었던 것이다.

회색 이마와 얼굴, 아무런 특징이 없는 평범한 얼굴, 그리고 유리구슬 같은 눈.

그 음침한 요소를 모두 가지고 있는데도, 나나미의 가슴속에서 이상한 직감이 고개를 들었다. 눈앞의 병사는 자신을 쫓는 병사들과 뭔가 다르다고 느낀 것이다.

병사의 핏기 없는 입술이 움직였다.

"포기하기에는 아직 일러."

병사는 무표정한 얼굴로 오른손을 내밀었다. 빨려 들어가듯 그 손을 잡자 병사는 나나미를 힘껏 끌어 올렸다. 그러고는 곧장 위쪽으로 안내하면서 담담하게 말했다.

"여기에서 가장 강한 건 마음의 힘이야. 천식을 일으키는 건 전력 질주가 아니라 불안과 절망이지."

병사의 말이 끝나기도 전에 뜨거운 바람과 연기가 나나미의 뺨에 닿았다. 성벽 위로 나온 것이다. 사방에서 불티가 춤추고 있었다.

성벽 밑을 내려다보니 수많은 병사들이 개미처럼 모여들고 있었다. 왕의 명령이리라. 불길 속에서 대피하지도 않고 나나미 한 사람을 잡으려는 것이다. 왕성 정면의 계단은 행진하는 회색 병사들로 넘쳐났다.

"총사대 사람들은……."

"그들이라면 걱정할 필요 없어. 아직까지 밑에서 잘 버티고 있으니까."

병사가 침착한 목소리로 덧붙였다.

"그보다 한바탕 더 달릴 수 있겠어?"

조용히 묻는 병사는 아무리 봐도 산더미처럼 있는 회색 병사들과 똑같이 생겼다.

멍하니 서 있는 나나미를 향해 회색 병사가 말을 이었다.

"너라면 알잖아? 출구가 어디 있는지."

나나미는 퍼뜩 생각이 나서 성벽 끝으로 눈길을 돌렸다. 성벽 위는 입맛을 다시듯 불길이 춤을 추고, 시야는 계속 새빨갛게 물들었다. 하지만 불길 사이로 간간이 작은 첨탑이 보였다. 여기에 처음 왔을 때 고양이와 같이 정신없이 뛰어든 곳이다.

"저 탑……."

"그래. 탑 안에 있는 문이야. 거기에 길이 있어."

"하지만 불길에 휩싸여 있어서……."

그런 대화를 가로막듯이 계단 밑에서 회색 병사들이 올라왔다. 나나미와 이야기하던 병사는 몸을 빙글 돌리더니 계단 위에 버티고 서서, 돌진해 온 선두의 한 병사를 무릎으로 화려하게 가격해 계단 밑으로 떨어뜨렸다. 그 뒤에 있던 10여 명의 병사들이 비명을 지르면서 함께 계단 밑으로 굴러떨어졌다.

너를 지키려는 고양이

나나미를 격려하듯 병사는 다시 침착한 목소리로 말했다.

"내가 시간을 벌게. 나머지는 네가 이 불길과 연기 속을 끝까지 달릴 수 있느냐, 거기에 달렸어."

침착할 뿐만 아니라 강력한 목소리였다.

그 목소리와 가면 같은 차가운 얼굴이 좀처럼 연결되지 않았다.

"당신은 어떡할 거예요?"

"내가 같이 가면 여기서 녀석들을 막을 사람이 없어. 이 좁은 계단이라면 한동안 버틸 수 있거든."

"하지만 당신을 두고 갈 순 없어요. 이제 더는 아무에게도 상처 주고 싶지 않아요."

병사는 약간 놀란 표정을 지었다.

"모두 나를 위해 싸우는데, 나 혼자만 빠져나가는 건……."

"역시 착하구나. 나나미, 넌 반드시 여기서 탈출해야 해."

"당신도 나를 알고 있군요. 당신은 누구죠? 같이 가고 싶어요!"

고양이를 안은 채 소리치는 나나미한테 돌아온 건 온화한 목소리였다.

"걱정하지 마. 난 쓰러지지 않아. 총사대는 물론이고, 그 새침한 고양이도 괜찮아. 너만 여기서 무사히 탈출하면 우리는 절대 멸망하지 않으니까."

그렇게 말하면서 기묘한 병사는 흙과 그을음투성이가 된 나나미의 머리칼을 다정하게 어루만졌다.

"정말 한심한 왕이야. 너처럼 멋진 여성을 이런 꼴로 만들다니."

나나미가 떨리는 목소리로 말했다.

"난……."

나나미가 떨리는 목소리로 덧붙였다.

"난…… 당신을 알고 있어요."

나나미의 목소리를 가로막듯이 다시 성벽 밑에서 몇 발의 총소리가 들렸다. 회색 병사가 재빨리 나나미의 몸을 감싸서 엎드리게 했다.

다시 총소리가 이어지는 가운데, 성벽에 숨어서 무릎을 꿇은 채 나나미는 눈앞의 회색 얼굴을 바라보았다. 가슴속에 떠오른 말은 너무도 밝고 눈부셨다. 나나미는 소중한 것을 조심스럽게 건져 올리듯 작게 중얼거렸다.

"당신은 변장의 달인……."

병사가 눈썹을 살짝 꿈틀거리며 나나미를 쳐다보았다.

"어떤 곳이든 반드시 잠입해서 곤경에 처한 사람을 구해주는 괴도 신사."

병사는 작게 어깨를 들썩이고 빙긋이 미소 지었다. 무표정했던 차가운 얼굴이 순식간에 악의 없는 익살스러운 미소로 바뀌었다.

"정말 대단하군. 나나미는 훌륭한 명탐정이야."

회색 병사들이 다시 계단을 뛰어 올라왔다. 회색 병사가 들이민 총검을 슬쩍 피한 괴도는 그 총을 잡아서 가볍게 비틀더니, 총대로 상대의 가슴을 때렸다. 또 몇 명이 비명을 지르며 계단 밑으로 굴러떨어졌다.

"이래서는 끝이 없어."

괴도는 가볍게 어깨의 먼지를 털면서 투덜거리듯 중얼거리고는 "하지만"이라고 말하며 성벽 아래를 내려다보았다.

"이제야 겨우 본대가 도착한 모양이군."

빼앗은 머스킷 총을 성벽 밖으로 던지면서 괴도는 나나미에게 밑을 보라고 손짓했다.

중앙 광장에는 수많은 회색 병사들이 떼 지어 모여 있었다. 성벽 밖에서 말을 탄 무리가 한꺼번에 그곳으로 뛰어든 것이다. 그들은 줄을 맞춰 광장으로 몰려와 일제히 총을 쏘더니, 재빨리 검을 빼 들고 회색 병사들을 향해 거칠게 달려들었다. 모여 있던 회색 병사들은 곧 혼란 상태에 빠졌다.

성벽 밑을 이리저리 살펴보는 나나미의 눈에 찬란하게 나부끼는 아름다운 깃발이 보였다.

파란 바탕에 하얀 십자가. 그 깃발이다.

"저건……"

다음 말을 이을 수 없었다.

책에서 몇 번이나 본 아름다운 깃발이다. 아름다울 뿐만 아니라 긍지와 용기로 채색된 빛나는 깃발이기도 하다.

괴도는 이마에 손을 올리고 유쾌하게 웃으며 눈을 가늘게 떴다.

"드디어 총사대의 본대가 도착하셨군. 그나저나 나나미는 인기 최고라니까. 다들 앞다퉈 이렇게 모이다니."

괴도가 가리키는 뒤쪽을 보니 성벽 밖에서 십자가 깃발이 속속들이 달려오고 있었다. 깃발을 든 부대가 잇따라 용맹하게 성안으로 뛰어들었다. 대군大軍이라고 할 수는 없어도 특별히 선발된 정예 부대였다. 허를 찔린 회색 병사들은 더는 버티지 못하고 서서히 무너져 갔다.

하지만 회색 부대도 금방 붕괴되지는 않았다. 숫자가 압도적으로 많았기 때문이다. 쓰러지고 또 쓰러져도 성의 곳곳에서 끊임없이 나타나 기계처럼 정연하게 전쟁터로 돌진했다.

성안 곳곳에서 격전이 벌어졌다.

"자, 그럼."

괴도가 나나미의 어깨에 손을 올리고 덧붙였다.

"이제 네 차례야. 녀석들은 얼마든지 솟아나거든. 총사대도 끝없이 싸울 수 있는 건 아니야."

"지금 모두를 두고 가라는 건가요?"

괴도 신사는 고개를 가로저으며 말했다.

"그게 아니야. 모두를 위해서 네가 길을 개척하는 거야."

휘익. 탄환이 귓가를 스쳤는데도 나나미는 신경 쓰지 않았다.

나나미는 자신이 할 일이 무엇인지 알고 있었다. 하지만 곧장 발을 움직일 수는 없었다. 넘쳐흐르는 감정을 막을 수도, 말을 할 수

너를 지키려는 고양이

도 없었다.

겨우 말을 하려고 입을 연 순간, 괴도가 검지를 세우고 말을 가로막았다.

"고맙다는 말은 필요 없어. 그건 우리가 할 말이니까."

괴도가 시키는 대로 나나미는 입을 다물었다. 그러고는 불길에 휩싸인 성벽의 통로를 달려갔다.

활활 타오르는 불길, 미친 듯이 춤추는 검은 연기, 당장이라도 무너질 것 같은 발판과 그 너머로 희미하게 보이는 탑.

하지만 나나미의 발은 움츠러들지 않았다.

여기까지 혼자 온 게 아니다.

바로 뒤의 계단에서 또 음침한 발소리가 들렸다. 그것을 지워버리듯 강력한 목소리가 뒤를 이었다.

"나나미, 어서 가. 전속력으로 뛰어!"

나나미는 가슴에 고양이를 안은 채 불길 속으로 뛰어들었다.

어느새 비가 그친 모양이다.

구름 사이로 부드러운 달빛이 쏟아져 도서관 앞의 필로티는 빛과 그림자로 뚜렷하게 나뉘어 있었다. 바람은 불지 않는지 길 위의 물웅덩이는 잔물결도 없이 달빛을 받아 황금색으로 빛났다. 주변을 둘러보니 빗물받이 밑이나 화단 옆에 있는 몇 개의 작은 물웅덩이가 제각기 달빛을 반사해서, 마음씨 좋은 부자가 가난한 사람들을 위해 금화를 뿌리고 간 것처럼 빛을 뿌렸다.

세이이치로의 경차는 왔을 때와 똑같은 곳에 서 있었지만, 정적과 빛에 감싸여 있어서 그런지 나나미의 눈에는 꼭 다른 세계로 돌아온 것처럼 여겨졌다.

두 손으로 가슴에 소중한 존재를 껴안은 채, 나나미는 조심스럽게 뒤를 돌아보았다. 그와 동시에 지금 막 걸어 나온 푸른빛의 통로는 햇살을 받은 아침이슬처럼 감쪽같이 사라졌다. 그런 다음에는 몇 번이나 보았던 평범한 유리문이 닫혀 있을 뿐이었다.

"나나미."

세이이치로의 목소리를 듣고 나나미는 자동차 쪽을 보았다. 시간이 오래 지났는지, 아니면 눈 깜짝할 사이였는지는 모른다. 다만 출발했을 때와 마찬가지로 세이이치로는 차 옆에 서 있었다.

"나나미, 괜찮아?"

거의 뛰듯이 다가온 세이이치로를 향해 나나미는 천천히 고개를 끄덕였다.

"다친 데는 없어? 천식은?"

연신 빠르게 물어보면서 세이이치로는 커다란 팔로 나나미를 꼭 안아주었다. 나나미 자신은 아무렇지도 않았다. 그 맹렬한 불길 속을 빠져나왔다는 게 거짓말인 것처럼, 몸도 옷도 달라지지 않았다. 유일하게 달라진 것은 가슴에 안고 있는 소중한 것이었다.

"아빠……."

나나미가 가슴에 안고 있는 것을 보여주자 세이이치로는 눈을 크게 떴다.

책 한 권. 그것도 낡고 낡은 그림책이었다.

단지 낡은 것만이 아니라 여기저기 불탄 자국에 검은 그을음이 묻어 있는 데다 끝은 찢어져 있었다. 그래도 표지의 그림은 똑똑히 알아볼 수 있었다. 비취색 눈의 고양이 한 마리가 새침한 얼굴로 정면을 보고 있었다.

"이 책은……?"

"나도 모르게 내 손에 있었어요……."

"이건……."

세이이치로는 살짝 놀라며 추억을 곱씹듯이 중얼거렸다.

"기억나니? 옛날에 너한테 사줬던 그림책이야. 넌 이 책을 아주 좋아했지……. 어느 순간 없어졌다고 생각했는데."

"기억나요. 몇 번이나 페이지를 넘긴 자국도 있어요."

세이이치로는 진지한 눈길로 책을 바라보며 한동안 움직이지 않았다.

그러더니 잠시 침묵하고 나서 딸의 어깨에 손을 올리고 얼굴을 들여다보았다.

"무슨 일이 있었는지 처음부터 얘기해주겠니?"

"얘기해도 아마 안 믿으실 거예요."

"그야 그렇겠지."

의외의 대답을 듣고 나나미는 아버지를 쳐다보았다.

세이이치로는 조용히 미소 지었다.

"그래도 말해주지 않겠니? 네가 소중한 그림책을 어디서 어떻게 찾아왔는지. 해저 여행을 다녀왔는지, 달의 뒤편에 갔다 왔는지. 혹시 몇 광년이나 떨어진 시리우스까지 여행을 다녀온 건 아닌지. 어떤 이야기라도 들을 생각인데, 솔직하게 말해주는 게 조건이야."

세이이치로의 편안한 미소와 목소리는 나나미에게 많은 기억을 불러일으켰다.

같이 도서관에 다녔을 때는 이 미소가 자신을 지켜주었다. 깊이 있는 이 목소리로 네모 선장의 모험담이나 암굴왕의 대활약에 관해서 시간 가는 줄도 모르고 이야기해주었다. 그 창가 자리에 하늘에서 쏟아지던 밝은 햇살까지 눈에 떠오르는 것 같았다.

나나미의 눈에서 눈물이 흘러넘쳤다. 이번에야말로 멈추지 않는 눈물이 뺨을 타고 끊임없이 흘러내렸다.

"이런! 이런 데서 울면 안 되지."

세이이치로가 장난스럽게 말했다.

그러고는 달빛에 빛나는 물웅덩이로 시선을 돌리더니 난감한 얼굴로 머리를 긁적였다.

"네가 울면 아빠까지 울고 싶어지잖아."

세이이치로의 다정한 목소리가 밤의 정적에 녹아 들어갔다.

너를 지키려는 고양이

4장
질문하는 자

갑자기 내린 가루눈이 거리를 다정하게 감쌌다.

12월도 중순에 접어들었다. 예년에 비하면 첫눈이 조금 늦었지만, 거리는 어딘지 모르게 화려해지고 돌아다니는 사람도 많아졌다. 골목에서는 남자아이들이 들떠서 뛰어다녔다. 눈이 쌓일 정도로 내리지는 않아서 눈싸움을 할 수는 없지만, 그래도 눈이 오면 즐거운 모양이다.

"거리가 밝아지고 경쾌해진 것 같아요."

나나미의 말을 듣고 린타로가 얼굴을 들었다.

"참 이상해. 눈이라고 하면 춥고 차가운 이미지가 있는데 때로는 밝고 따뜻한 느낌이 들기도 하거든."

린타로는 금전등록기의 키보드를 재빨리 두들기면서 말했다. 조금 전에 혼자 온 손님이 책을 사 간 참이었다. 표지에 '논어'라고 두 글자만 쓰인 고풍스러운 얇은 책과, 금박 상자에 든 『황금가지』(영국의 민속학자이자 인류학자 J. G. 프레이저의 책-옮긴이)를 사 간 중년 신사는 어느 대학이나 연구소의 훌륭한 학자가 아닐까?

나나미는 그렇게 상상하면서 흥미로운 눈길로 중년 신사의 뒷모습을 바라보았다.

"홍차 마실래?"

나나미가 고개를 끄덕이자 린타로는 옆의 스토브에 포트를 올리고 물을 끓이기 시작했다. 이 작은 스토브도 오늘 처음 불을 켰다. 나나미는 옆의 의자에 앉아 물 끓는 모습을 바라보았다.

서점 안에는 스토브가 달아오르는 소리와 가끔 밖에서 뛰어다니는 아이들의 환호성이 들릴 뿐이었다.

"오늘도 저녁때 아버지께서 데리러 오신다고 했던가?"

뒤쪽 선반에서 찻잔을 꺼내며 린타로가 물었다.

나나미는 머리를 옆으로 흔들면서 말했다.

"오늘은 혼자 전철을 타고 갈 거예요. 반납할 책이 있어서 도서관에 잠깐 들러야 하거든요."

"괜찮겠어?"

"중학생이나 됐는데 혼자 전철도 못 타면 안 되잖아요. 아빠한테 그렇게 말했더니 허락해주셨어요. 무슨 일이 있으면 반드시 주변 사람들한테 도움을 받으라고 하면서요."

"그랬구나."

린타로는 나나미 앞에 찻잔을 내려놓으면서 물었다.

"아버지도 이해해주셨어?"

"네, 전부는 아니지만······. 생각보다 태연하게 받아들이셨어요."

나나미는 자신의 말이 우스워서 웃음을 터트렸다.

도서관에서 집으로 돌아온 날 밤, 나나미는 소중한 그림책을 책장 한쪽에 꽂고 나서 지금까지 있었던 일들을 아버지에게 들려주었다. 물론 무서운 일을 당했던 부분은 대폭 생략하고, 순수한 어린아이의 모험담처럼 각색하는 걸 잊지 않았다. 그런 건 나나미의 특기였다.

세이치로는 어이가 없는 듯한, 놀란 듯한, 화난 듯한 여러 표정을 짓다가 마지막에는 곤혹스러운 얼굴로 한숨을 쉬었다.

"내겐 너무 이해하기 힘든 이야기구나······."

그러고는 손가락 끝으로 미간을 누르면서 덧붙였다.

"네 엄마가 있었으면 이것저것 의논할 수 있었을 텐데."

세이치로의 입에서는 쓸쓸함과 슬픔과 유머 등 여러 감정이 뒤섞인 쓴웃음이 새어 나왔다.

그는 자세한 내용을 캐묻는 대신 몇 가지를 약속하는 데에 그다음의 시간을 사용했다.

힘들 때는 반드시 자신에게 의논할 것. 혼자 위험한 행동을 하지

말 것. 그 대신 자신도 이제 일을 좀 줄이고 집에서 나나미와 함께 지내는 시간을 늘리겠다고 약속했다. 일이 바쁘지 않은 것은 아니다. 하지만······.

"그동안 우선순위를 잘못 생각하고 있었는지도 몰라."

그렇게 냉정하고 건설적이며 인내심 있게 말하는 아버지의 모습을 나나미는 말없이 바라보았다.

세이이치로는 대충 이야기를 마치고 마지막에는 호기심 어린 눈길로 딸을 바라보며 말했다.

"그리고 가끔 너를 나쓰키 서점에 데려다주면 되겠니?"

나나미가 생각지도 못한 말이었다.

너무 기쁜 나머지 한 박자 늦게 날아오르듯 일어서는 바람에 나나미는 무릎을 책상에 세게 부딪히고 말았다.

『괴도 뤼팽』 전집은 이미 도서관에 돌려주었다. 하무라 노인의 말에 따르면 대충 살펴봤는데 없어진 책은 없는 것 같다고 했다.

"여긴 도서관이라서 책이 있거나 없거나 하지."

빈정거림인지 혼잣말인지 모르지만, 어쨌든 노사서의 그런 말을 흘려듣는 것은 나나미에게 익숙한 일이었다.

여러 가지가 조금씩 달라졌다. 앞으로 나아가기 시작한 것이다.

"마셔."

린타로가 홍차를 권했다.

아름다운 도자기 찻잔이 스토브의 불빛을 받아 빛을 뿌렸다. 찻잔을 손에 들면서도 나나미의 머릿속으로 수많은 상념이 맥락 없이 지나갔다.

거대한 성, 흔들리는 불길, 쓰러진 강철 기계, 그리고 그 너머에 서 있던 한 남자.

"또 생각하는 거야?"

"나도 모르게 자꾸 생각이 나요. 굉장히 무서웠는데, 아주 소중한 뭔가를 만난 것 같아요······."

린타로는 찻잔을 들면서 나나미의 말을 부드럽게 가로막았다.

"서둘러 말로 표현할 필요는 없지 않을까? 넌 왕과의 내기에서 이겼어. 지금은 그것만으로 충분해. 어쨌든 넌 다시 돌아왔어. 그래서 잃어버렸던 책도 돌아온 거고."

"그건 그래요. 하지만······."

나나미는 찻잔 속에서 퍼져 나가는 홍차의 파문을 바라보며 말을 이었다.

"'증식하는 자'······ 너무 이상한 말이에요. 섬뜩한 말이기도 하고요."

린타로는 안경 너머로 눈을 약간 가늘게 뜨면서 말했다.

"유일하게 자연의 법칙을 따르지 않는 자. 회색 왕이 그렇게 말했다고 했지?"

"뭔가 짐작 가는 게 있어요?"

"짐작 간다고 할 정도는 아니지만……."

한순간 머뭇거리더니 린타로는 신중하게 단어를 선택하며 말했다.

"이 세계의 모든 물질은 시간이 지나면서 반드시 썩어 없어지지. 쇠는 녹슬고 사과는 썩고 생물은 늙어가는 것처럼 말이야. 손을 쓰지 않으면 거대한 성벽도 무너지고, 사람의 마음의 힘조차 시간의 흐름을 거역할 수 없어. 분노도 감동도 슬픔조차도 언젠간 망각의 파도에 씻겨가는 법이지."

"그런 게 자연의 법칙이에요?"

"물론 시점을 어디에 두느냐에 따라서 사물에 대한 관점은 얼마든지 달라질 수 있어. 그렇지만 시간이 흐르면서 물질이 썩어간다는 건 하나의 기본 원칙이라고 할 수 있지. 그런데 사람이 만들어낸 것 중에 결코 썩지 않는 게 있어. 썩기는커녕 시간과 함께 확실하게, 천천히 힘이 강해지는 존재 말이야. 그곳에 있는 것만으로 확실히 늘어나는 것, 즉 증식하는 것."

나나미의 뇌리에 거대한 성벽이 떠올랐다.

그 성은 갈 때마다 눈에 띄게 커졌다.

"만약 회색 왕이 내가 상상하는 거라면, 넌 당치도 않은 존재를 만난 거야. 증식하고 착실하게 커지면서 지금도 수많은 뒤틀림을 만들어내는 존재지."

"그런 게 정말로 있어요?"

"있어."

 조용히, 그러면서도 단호하게 린타로는 말했다.

 린타로의 짧은 한마디를 듣는 순간, 나나미는 따뜻한 서점 안의 온도가 갑자기 쑤욱 내려간 느낌이었다.

"그건……."

 린타로는 신중하게 대답했다.

"서둘러 결론을 내려선 안 돼. 내 상상이 맞다는 근거는 없으니까. 더구나 그것에 대해선 나도 아직 모르는 게 많아. 존재하는 것만으로 늘어나는 성질은 그것 자체에 무리가 있어. 그 결과 생겨난 뒤틀린 부분을 무엇이 채우고 있는지도 잘 모르고. 아니, 정말로 채워지고 있는지도 확실하지 않고……."

 중간부터 린타로는 나나미에게 말한다기보다 자신의 생각을 정리하기 위해 중얼거리는 것 같았다.

 밝게 빛나는 스토브 건너편에서 조용히 생각에 잠긴 린타로의 모습을 나나미는 말없이 바라보았다.

 명확한 대답을 들은 건 아니다. 하지만 린타로는 신중하고 사려 깊게 생각하면서 대답을 서두르지 않았다. 안일한 말로 재빨리 상황을 정리하려고 하지도 않았다. 그런 모습을 보고 나나미는 마음이 든든했다.

 언젠가 고양이가 했던 말이 떠올랐다.

 '말은 망원경 같은 거야. 보고 싶은 건 잘 보이지만 그것 말고는

오히려 잘 안 보이거든.'

나나미도 그렇게 생각한다. 성급하게 말로 표현하면 오히려 놓치는 게 많지 않을까? 세계는 말로 나타낼 수 있을 정도로 단순하지 않으니까.

"어? 또 손님이야? 신기한 일도 다 있네."

갑자기 통통 튀는 목소리가 날아와서 나나미는 깜짝 놀라 얼굴을 들었다.

책상 뒤쪽의 계단에서 키가 크고 날씬한 숏커트 머리의 여성이 얼굴을 내밀었다.

깜짝 놀라는 나나미를 보고 곧바로 린타로가 설명했다.

"내 아내, 사요야. 얼굴을 보는 건 처음이던가?"

나나미는 너무 놀라서 대답할 수 없었다.

약간 틈을 두고 나서 간신히 "아내요?"라고 기묘하게 뒤집어진 목소리로 물었을 따름이다.

"번역 일을 하고 있어서 한 달 정도 유럽에 갔었거든. 어제 돌아왔어."

"린타로 오빠, 결혼했어요?"

나중에 생각해보니 상당히 무례한 질문이었지만 그때 나나미는 그런 걸 생각할 여유가 없었다. 그러고는 자신의 흥분된 목소리와 황당한 질문에 놀라서 황급히 입을 다물었다.

개구쟁이처럼 웃음을 터트린 사람은 여성 쪽이었다.

"역시 의외야? 하긴 이런 고서점에 틀어박혀 있는 음침한 남자와 결혼한 사람이 있다니, 보통은 생각할 수 없지."

"그런 건 아니에요."

나나미가 당황해서 머리를 가로젓는 사이에 여성이 통로로 나와 손을 내밀었다.

"나쓰키 사요야. 나나미 양이지? 만나서 반가워. 얘기는 린타로한테 들었어."

나나미는 눈앞에 있는 가냘픈 손을 황급히 잡았다.

"고사키 나나미예요."

"그냥 사요라고 불러."

사요는 가볍게 대답하고 책상 위에 있는 린타로의 찻잔을 들어 입에 갖다 대더니, "아, 뜨거" 하면서 황급히 입을 뗐다. 그런 동작조차 상큼하게 보였다. 어이없는 얼굴로 괜찮냐고 묻는 린타로의 목소리도 몹시 다정하게 들렸다.

사요는 아무렇지 않은 얼굴로 찻잔을 내려놓고 다시 나나미를 보았다.

"우선 나쓰키 서점에 온 걸 환영한다고 해야겠지만, 한 가지 주의할 사항이 있어."

갑작스러운 이야기에 나나미의 표정이 딱딱하게 굳어졌다.

"린타로한테 이것저것 의논하는 건 좋지만, 적당히 하지 않으면 안 돼. 이 사람은 도움이 될 때도 있지만 지나치게 생각하는 면이 있거든. 같이 생각하다 보면 사고의 미로에서 빠져나올 수 없을 때가 있어."

사요는 약간 몸을 숙이고 당황해하는 나나미를 살짝 올려다보았다.

"얘기는 전부 들었어. 엄청난 곳에 갔다가 무사히 돌아왔다면서? 그게 제일 중요해. 나머지 일들은 시간이 가르쳐줄 거야."

"시간이요?"

"그래. 시간은 아주 중요하거든. 홍차도 식어버리면 맛이 없지만, 황급히 입으로 가져가면 입술을 데게 되니까."

사요가 쿡쿡 웃으면서 말을 이었다.

"중요한 건 적당한 온도가 될 때까지 느긋하게 책장이라도 보면서 기다리는 거지."

사요가 웃는 것을 보고 나나미도 덩달아 소리 내어 웃었다.

허세도 자만심도 없는 사요의 목소리에는 나나미에 대한 따뜻한 배려가 숨 쉬고 있었다. 상대의 입장에 서서 말할 수 있는 사람인 것이다.

나나미의 눈에 린타로와 사요의 관계가 보이는 듯했다. 차분히 생각하는 린타로, 때와 상황에 따라 생각을 접는 사요. 두 사람이 절묘하게 줄다리기를 하면서 이 작은 고서점을 운영하고 있었다.

"기왕에 여기까지 왔으니까 린타로가 권하는 책을 몇 권 빌려 가는 게 좋아. 가끔은 굉장히 골치 아픈 책을 권해주니까 주의할 필요가 있지만."

"너무 심한 거 아냐?"라고 중얼거리는 린타로의 말을 사요는 신경도 쓰지 않았다.

나나미는 따뜻한 공기에 이끌리듯 사요를 보았다.

"사요 언니도 그 신비한 고양이를 만난 적이 있어요?"

왜 그런 질문을 했는지 나나미 자신도 알 수 없었다. 하지만 왠지 만났을 것 같은 느낌이 들었다.

사요의 웃음이 한층 밝게 빛났다.

"물론이야. 새침하고 이지적이며 매력적인 고양이지."

나나미는 찻잔을 꼭 쥔 채 가볍게 몸을 내밀며 말했다.

"저도 또 만날 수 있을까요? 지금까지 제멋대로 행동해서 너무 힘들게 했는데, 고맙다는 말이나 작별의 말도 제대로 못 했거든요."

사요가 대답하지 않고 뒤를 돌아본 것은 린타로가 장난스럽게 웃었기 때문이다.

"지금 웃을 때야?"

"아니, 미안해."

발끈하는 아내를 향해 린타로는 황급히 손을 휘저으며 변명했다.

"나도 예전에 그 녀석한테 나나미와 똑같이 물은 적이 있었거든. 또 만날 수 있냐고."

"그때 뭐라고 했는데요?"

"똑똑히 기억나. '이별의 대사치곤 너무 진부하군'이라고 하더군."

나나미는 눈을 동그랗게 떴다.

"난 진지하게 물었는데, 코웃음을 날리더라고. 하여간 자기 멋대로라니까."

자기 멋대로라고 말하면서도 린타로는 그리운 표정으로 눈을 가늘게 떴다.

그때 문득 고양이의 모습이 나나미의 뇌리를 가로질렀다. 추억 이야기를 했을 때의 모습이다. 어느 소년의 이야기를 했을 때 보았던 고양이의 다정한 옆얼굴과 지금 린타로의 표정이 이상할 정도로 닮았다는 생각이 들었다.

"그 녀석은 돌아오지 않을지도 몰라. 하지만 그걸로 좋아. 모습을 보여주지 않는다고 해서 사라진 건 아니니까. 그저 목적을 이뤘을 뿐이지."

"목적이요?"

"진실은 알 수 없어. 어차피 그 까탈스러운 고양이는 항상 확실하게 설명해주지 않거든. 고양이로서는 귀염성이 하나도 없고, 미궁의 안내자로서도 틀림없이 실격이야."

아무튼, 하고 잠깐 말을 끊고 나서 린타로는 다시 덧붙였다.

"전하고 싶은 마음이 있다면 걱정하지 않아도 돼. 이미 전해졌을 테니까."

나나미는 고개를 끄덕이고 더는 질문하지 않았다. 이들은 분명히 자신보다 더 많은 걸 알고 있는 사람들이다.

"중요한 건 눈앞에 있는 어떤 것이든 소중하다는 거야."

그렇게 말한 사람은 사요였다.

"어떤 것이든요?"

"그래. 사람이나 물건은 물론이고 그것만이 아니야. 이 세상에 있는 모든 것. 말이나 시간 같은 추상적인 것도……. 어떤 것에도 마음이 깃들거든. 네가 소중히 생각한 것에는 마음이 깃들어서 반드시 널 지켜줄 거야. 고양이가 와준 것처럼."

사요의 말을 린타로가 받았다.

"그렇기 때문에 항상 조심해야 해. 뒤틀린 마음에 계속 닿은 자에겐 뒤틀린 마음이 깃드니까. 슬픈 일이지만 어쩔 수 없는 일이기도 하지."

나나미는 다시 한 번 크게 고개를 끄덕였다.

"기억해둘게요."

나나미의 대답을 듣고 사요가 다정한 미소를 지었다.

나나미는 두 손으로 감싼 찻잔에 살며시 입술을 댔다.

얼그레이의 기분 좋은 향이 피어올랐다.

옅은 가루눈은 저녁때가 되어도 그치지 않았다.

대설大雪이라고 할 정도는 아니지만 도로는 하얗게 물들고 있었다. 집까지 데려다주겠다고 하는 린타로에게 나나미는 머리를 가로저으면서 말씀만이라도 고맙다고 말했다. 혼자 할 수 있는 일을 조금씩 늘리고 싶다, 그런 마음이 가슴을 가득 메웠다.

역까지 걸어가 전철을 타고, 집 근처 역에 내려서 도서관에 들러 책을 반납했다. 그것도 이 눈을 맞으면서. 보통 사람에게는 특별할 게 없는 평범한 일상이지만 나나미에게는 작은 모험이었다.

컨디션은 나쁘지 않았다. 기분도 나쁘지 않았다. 가슴주머니에는 흡입제도 있다. 그 미궁에서 떨어뜨린 흡입기도 그 후에 병원에서 다시 받아 와서 바지 주머니 속에 넣어두었다.

작은 모험을 위한 준비는 완벽했다.

나나미는 가루눈이 내리는 가운데 우산을 펼치고 천천히 걸음을 내딛었다. 역에서는 쉬엄쉬엄 계단을 오르내리고, 전철에서는 사람이 너무 많아서 놀랐지만 그래도 별문제 없이 집 근처 역에 도착했다. 역에서 도서관까지는 그렇게 멀지 않아서, 조용한 주택가를 지나 무사히 도착했다.

카운터에서 책을 반납하는 것으로 이번 모험은 끝나지만, 나나미는 약간 피로를 느끼고 평소에 가는 2층 자리에서 잠시 쉬었다. 그 회색 성안에서는 지금보다 건강하게 움직였던 것 같은데, 현실과 미궁에서의 상황이 조금 다른 모양이었다.

도서관 2층은 여전히 조용하고, 오늘은 사람 그림자 하나 보이지 않았다. 날씨가 이래서 그렇다기보다 평소의 광경이었다. 가끔 오는 노부인도 오늘은 오지 않은 것 같았다.

창가에서 밖을 내다보니 주택가의 검은 지붕이 하얗게 물들어서 그런지, 오후 5시가 넘었는데도 그렇게 어둡지 않았다. 가까운 초등학교 운동장에서는 아이들 몇 명이 흩날리는 눈 속에서 환호성을 지르며 뛰어다녔다. 이대로 계속 눈이 내리면 내일은 눈사람을 만들 수 있을지도 모른다.

"당분간은 그칠 것 같지 않네."

나나미는 책상에 팔꿈치를 댄 채 두꺼운 눈구름을 올려다보았다.

잠시 책장 사이를 돌아다녔지만 딱히 달라진 점은 없었다. 이가 빠진 것처럼 드문드문 빈틈이 보였던 책장도 대부분 채워져 있었다. 물론 빈 곳도 있었지만 햄 영감님의 말처럼 도서관은 책이 있거나 없거나 하는 법이다.

"이걸로 다 된 건가……."

그런 중얼거림은 마음에 걸리는 몇 가지 일들을 정리하기 위한 구호 같은 것이었다.

사요의 말처럼 생각해도 답이 나오지 않는 것들이 많다. 맛있는 홍차를 마시기 위해서는 적당한 온도까지 기다려야 한다.

"언제쯤 집에 가는 게 좋을까?"

눈이 그치면 집에 가기 편하지만 아무래도 오늘은 계속 내릴 것 같다. 눈이 쌓이거나 바닥이 흙탕길이 되면 걷기도 힘들다.

어떻게 할까 생각하면서 무심코 도서관 안을 둘러보던 나나미는 아무도 없다고 생각한 넓은 공간에서 사람의 그림자를 발견하고 시선을 멈췄다.

키가 큰 남성이 엘리베이터 옆의 자동판매기 앞에 서 있었다. 기계에 동전을 넣는 금속음이 날카롭게 들리는 것은 그만큼 조용하다는 증거이리라. 이어서 음료수가 나오는 곳으로 페트병이 떨어지는 묵직한 소리가 들렸다.

나나미는 빨려 들어갈 듯 남성의 등을 보았다.

남성은 왼손으로 페트병을 꺼내고 오른손으로 잔돈을 꺼내더니, 책장과 독서 코너 사이의 통로를 느긋하게 걸어갔다.

다음 순간, 나나미는 숨을 들이마셨다.

회색 양복을 입고 회색 사냥모를 쓴 남성이 침착한 걸음걸이로 책장 앞을 돌아다니는 것이었다.

문학, 철학, 역사……. 책장 측면에 붙어 있는 팻말 앞을 순서대로 지나가더니, '경제' 팻말 앞에서 나나미가 있는 독서 코너 쪽으로 방향을 바꾸었다.

똑바로 걸어오는 회색 양복의 남자를 나나미는 꼼짝도 하지 않고 바라보았다.

나나미의 맞은편까지 걸어온 남자는 책상 위에 홍차 페트병을 놓고 머리에 쓴 모자를 들어 올렸다.

"여기 앉아도 될까?"

나나미의 눈앞에 낯익은 회색 얼굴이 있었다. 웃음도 분노도 고통도 없는, 얼어붙은 것처럼 표정 없는 회색 얼굴이었다.

나나미는 책 위로 두 손을 꽉 움켜쥐었다. 그러고는 천천히 오른손을 들어서 의자를 가리켰다.

회색 왕은 의자를 비스듬히 당겨 앉은 뒤, 편안한 자세로 다리를 꼬았다.

그런 다음 오른손에 쥐고 있던 동전 몇 개를 꼼꼼히 책상 위에 늘어놓더니, 그 손으로 홍차 페트병을 나나미 쪽으로 밀었다.

그러고는 감정 없는 눈으로 꼼짝도 하지 않는 나나미를 쳐다보며 물었다.

"홍차를 좋아하지 않았던가?"

"때와 장소에 따라 달라요."

"그렇군" 하고 중얼거린 왕은 불쾌해하는 모습도 없이 책상 위의 동전을 손가락 끝으로 만지작거렸다.

"여긴 어떻게……?"

나나미는 짧게 물었다.

목소리는 떨리지 않았다. 상대를 경계하면서도 스스로도 놀랄 만큼 냉정함을 되찾고 있었다.

지금까지 회색 남자와 마주한 곳은 항상 회색 성안이었다. '장군의 방', '재상의 방', '왕의 방' 등 각각 풍경은 달라도 기괴하고 공허하며 위압적인 공간이었다. 하지만 지금 나나미가 있는 곳은 익숙한 도서관 안이다. 이른바 나나미의 성인 것이다.

창밖에서는 하얀 눈이 하늘하늘 춤을 추고, 그 너머로 아이들의 환호성이 들렸다. 평범한 일상에 슬며시 섞여 들어온 비일상을 나나미는 정면으로 상대했다.

"왜일까?"

왕은 창밖으로 눈길을 돌리며 말했다.

"나도 잘 모르겠군. 넌 그 불길 속에서 멋지게 탈출했어. 너에 관해 좀 더 알고 싶어졌을지도 모르지."

"당신도 무사했네. 불길 속에 있었는데."

왕은 내던지듯이 말했다.

"난 결코 멸망하지 않아. 말했을 텐데. 난 '증식하는 자'라고."

탁 하고 딱딱한 소리가 난 것은 왕이 왼손으로 책상 위의 동전을 들어서, 장기라도 두듯 가볍게 책상을 때렸기 때문이다.

"한 가지 물어볼 게 있는데, 그곳에서 어떻게 탈출했지?"

"그걸 확인하러 온 거야?"

왕은 대답하지 않고 또다시 동전으로 책상을 탁 하고 때렸다.

"난 인간이란 걸 잘 알고 있어. 인간은 거대한 욕망을 가지고 그걸 실현하기 위해 놀라운 힘을 발휘하는 존재지. 인간의 최대 특징이 '지성'이라고 말하는 자도 있지만, 그건 틀린 말이야. 지성은 분명히 기술을 낳고 발명을 만들어내지. 하지만 정말로 지성이 있는 자는 총을 만들어도 동포를 향해 방아쇠를 당기지 않아. 방아쇠를 당기지 않는 태도야말로 '지성'이라고 할 수 있지. 즉, 지금의 인간들에게 지성이 없는 건 명백한 사실이야. 하지만 착각해서는 안 돼. 난 그걸 단점이라고 여기지 않아. 인간은 인정사정없이 다른 자를 발로 걷어차고 동포를 쏘아 죽이면서 욕망을 끝없이 확대시키지. 이 거대한 욕망이야말로 인간이 가지고 있는 최대 무기야. 이 힘이 사람을 성장시키고 발전시키며 더 거대하고 더 위대한 존재로 키워주지."

왕은 혼잣말처럼 중얼거리면서 또 동전으로 소리를 냈다.

"하지만 그렇게 강력한 인간도 한번 불안과 절망에 사로잡히면 놀라울 만큼 나약한 존재가 된다는 것도 난 알고 있어. 그 불길 속에서 고립된 인간은 보통 살아남을 수 없지."

"당신은 계속 그런 사람만 봐왔구나."

"난 항상 그런 곳에 서 있었으니까."

왕은 손을 높이 들어 동전으로 책상을 내리쳤다. 조금 전보다 더 큰 소리가 주변을 뒤흔들었다. 왕은 무표정했지만 나나미의 귀에는 날카로운 동전 소리가 애처로운 비명처럼 들렸다.

나나미는 그제야 겨우 깨달았다.

왕은 무언가를 찾으러 여기에 온 것이다.

예전처럼 일방적으로 자기주장을 펼치지 않았다. 앞으로 걸어야 할 길을 찾아서 나나미 앞에 나타난 것이다. 천식을 앓고 있는 무력한 열세 살 소녀에게, 왕은 경멸하지도 비웃지도 않고 오직 질문하기 위해 온 것이다.

나나미는 크게 심호흡을 한 번 하고 나서 입을 열었다. 그러고는 가슴에 떠오른 말을 거의 무의식적으로 잡아서 책상 위에 올려놓았다.

"분명히 당신이 알고 있는 사람들은 그곳에서 빠져나올 수 없었을지도 몰라."

왕이 무표정하게 나나미를 바라보았다.

"내가 알고 있는 사람?"

"당신이 말한 것처럼 다른 사람을 돌아보지 않는 사람은 분명히 강해. 태연하게 누군가를 발로 걷어찰 수도 있고, 어떤 일에도 망설이거나 고민하지 않지. 그런 사람들은 자신이 맞는지 틀렸는지도 생각해보지 않아. 하지만 그들은 당신이 말했듯이 놀랄 만큼 나약한 존재이기도 해."

"왜지?"

"외톨이니까."

왕은 대꾸하지 않았다.

"불길 속에 남겨졌을 때, 아무도 손을 내밀어주지 않으니까."

이상하다.

나나미의 마음속에서 저절로 말이 태어났다.

논리적인 말이 아니다. 조리 있게 말하는 것도 아니다. 단지 전하고 싶은 말이, 눈이 내리듯 나나미의 발밑에 조용히 쌓였다. 나나미는 단지 무릎을 꿇고 두 손으로 그 말들을 살며시 떠서 들어 올리기만 하면 된다.

"그 불길 속에서 탈출하는 데 필요했던 건 자유나 자기다움도 아니고, 지성이나 욕망처럼 어려운 것도 아니야. 물론 머스킷 총도 아니고, 기름투성이의 기계공장도 아니지."

"그러면 뭐지?"

"대답하긴 쉽지 않아. 말로 설명할 수 있는 게 아니니까."

"책을 읽으라는 건가?"

왕이 유리구슬 같은 눈으로 나나미를 물끄러미 쳐다보았다.

나나미는 대답하지 않고 그 눈을 똑바로 쳐다보았다. 한순간도 눈길을 피하지 않았다.

왕은 꼼짝도 하지 않고 침묵을 지키다 이윽고 다시 회색 입술을 움직였다.

"진심으로 그렇게 생각해?"

왕의 목소리에는 비웃음도 찬웃음도 깃들지 않았다. 그래서 나나미도 진지하게 대답했다.

"책에는 그것에 관해 언급한 수많은 사람들의 마음이 깃들어 있어. 그 마음의 힘이 나를 그 불바다에서 끌어 올려줬지. 난 그저 그걸 느낄 수 있었던 것뿐이야."

"그건 어려운 일이야. 책은 사람을 무력하게 만들지. 공감, 동정, 배려…… 그런 감정은 결단력을 약화시키고 망설이게 하며 공격

성을 떨어뜨려. 즉, 인간의 가능성을 좁히고 성공에서 멀어지게 만들지."

"이 세상에는 성공보다 중요한 게 있어."

왕의 눈은 움직이지 않았다. 나나미는 왕을 뚫어지게 쳐다보면서 말을 이었다.

"성공할 필요 없다고 말하는 게 아니야. 성공보다 더 중요한 게 있다고 책은 가르쳐주고 있어. 어려움에 처한 사람이 있으면 손을 내밀 것, 고민하는 사람이 있으면 귀를 기울여서 이야기를 들어줄 것, 돈보다 중요한 게 있다는 것. 책은 이치로는 설명할 수 없는 그런 걸 가르쳐줘. 지금은 점점 당연하지 않은 일이 되어가고 있지만, 옛날에는 그런 게 당연했어. 모두 알고 있었지. 책을 읽으면 그런 걸 금방 알 수 있어."

"하지만 네가 말한 것처럼 대부분의 사람은 이미 그런 걸 잊어버렸어. 그건 곧 그런 생각이 삶에 아무 도움도 되지 않기 때문이 아닐까?"

"아니야. 그런 건 사람들한테 굉장히 큰 힘을 줘."

"예를 들면?"

"어떤 곳이든 희망이 있다는 걸 가르쳐줘. 사람은 혼자가 아니라는 것도 가르쳐주고, 불길 속에서도 계속 달리면 반드시 출구에 도착할 수 있다는 것도 가르쳐주지."

그렇게 말하는 나나미의 머릿속에 꾸벅 고개를 숙이던 작은 들쥐가 떠올랐다. 빙긋이 미소를 짓는 대괴도 너머로 회색 깃발을 뒤덮듯이 나부끼는 파란색 깃발도 보였다. 그리고 새침한 얼굴로 앞을 걸어가는 고양이 한 마리도…….

왕은 천천히 아무것도 없는 천장을 올려다보았다. 가만히 나나미의 말에 귀를 기울이는 것처럼 보였다.

"나도 매일 학교에서 듣고 있어. '네가 원하는 대로 살아라', '남의 의견은 신경 쓰지 말고 네 의견을 말해라', '더 노력해서 사회에 나가 성공해라'. 하지만 그런 사고방식은 잘못됐다고 생각해."

나나미는 앞에 있는 책에 살며시 손을 올렸다.

"왜 잘못됐는지 설명하기는 너무 어려워. 이치로 이해하는 게 아니라 마음으로 느끼는 거니까."

나나미는 책에 시선을 떨구며 말을 이었다.

"그래서 사람은 책을 읽어. 그러면 제대로 느낄 수 있으니까. 사람을 배려한다는 게 어떤 것인지, 배려를 잊어버린 사람은 어떻게 되는지를. 그리고 옛날부터 있었던 다정한 책들은 가끔 조용히 묻곤 해. '넌 부자가 되고 싶어? 아니면 행복해지고 싶어?'라고."

"양쪽 모두를 손에 넣으려고 하는 게 인간의 본성 아닌가?"

"둘 다 손에 넣긴 힘들어. 어떤 옛날이야기 속에서도 가지고 돌아갈 수 있는 건 큰 보물 상자나 작은 보물 상자 둘 중 하나뿐이거든."

나나미의 경쾌한 목소리가 아무도 없는 도서관에 울려 퍼졌.

도서관은 마치 시간이 멈춘 것처럼 조용했다.

"하지만" 하고 중얼거린 왕의 손안에서 다시 동전 소리가 났다.

"난 너무 커졌어. 인간의 사소한 마음 같은 건 한 번에 불어서 날려버릴 만큼……. 이미 인간은 나를 조종할 수 없어. 비대해진 나는 혼돈스러운 어둠으로 변해서 인간들을 집어삼키려 하고 있지. 그런 어둠 속에서 넌 지금과 똑같이 말할 수 있을까?"

묻고 있기는 하지만 대답을 원하는 것은 아니었다.

회색 얼굴에 표정은 없었다. 분노와 비웃음도 없었다.

"나는 수천 년간 인간과 함께 걸어왔어."

왕이 그렇게 중얼거린 순간, 발밑에서 물컹물컹하고 새카만 기척이 떠올랐다.

"수천 년……?"

멍하니 중얼거리는 나나미의 발밑도 조금씩 어둠으로 물들어 갔다. 나나미는 손가락 하나도 움직일 수 없었다. 나나미가 성에 갔을 때마다 느꼈던 기이한 기척이 사방으로 퍼져 나갔다. 그와 동시에 온몸이 얼어붙을 것 같은 냉기도 팽창했다.

"처음엔 해변의 조개껍데기였지. 그건 아름다운 돌에 불과했어. 그런데 조금씩 장식을 더하고 모습을 바꿔 인간세계에 침투했고, 많은 사람들의 손에 넘어가게 됐지. 나를 접한 사람들은 모두 조금씩 변해갔어. 더 많이, 더 많이 가지려고 욕심 부리게 된 거야."

창밖의 소리는 이미 들리지 않았다.

나나미는 캄캄한 어둠 속에서 말없이 앉아 있었다. 눈앞에는 회색 왕이 앉아 있을 뿐, 다른 것은 아무것도 보이지 않았다.

자칫하면 비명을 지를 것 같은 차갑고 무겁고 압도적인 어둠 속에서 나나미는 어금니를 꽉 깨물었다. 이렇게 버틸 수 있는 이유는 어떤 상황에서도 혼자가 아니라는 걸 지금의 나나미는 알고 있기 때문이다.

그렇게 생각한 순간, 어둠 속에 앉아 있는 왕의 모습이 희미하게 흔들렸다. 양복을 입은 키 큰 신사의 윤곽이 서서히 일그러졌다. 그 모습은 이내 우락부락한 체격의 장군이 되고 호리호리한 모습의 청년 재상이 되더니 이윽고 등이 굽고 야윈 노파로 변했다. 작고 연약해서 쓰러질 것 같은 노파의 발밑으로 기이한 불길함이 흙탕물처럼 흘러넘쳤다.

"처음에는 작은 변화였지. 그것이 서서히 세계를 뒤덮기 시작했고, 바야흐로 이 세계는 어디든 욕망의 도가니로 변했어. 나는 그곳에 있는 것만으로도 인간의 힘이 되지. 더구나 그곳에 있는 것만으로도 점점 늘어나. 많이 모이면 한층 더 늘어나고. 그래서 인간은 더 많이 가지고 싶어 해. 더 많이, 더 많이 손에 넣기 위해 인간은 거짓말을 하고 사기를 치며 상대에게 상처를 입히고, 이윽고 죽이게 됐지."

노파는 어둠 속에서 약간 몸을 꿈틀거렸다. 그 모습이 나나미의 눈에는 고통스러워하는 병자처럼 보였다.

"본래 늘어날 리가 없는 물건이 늘어나면 세상이 일그러지게 되지. 약간의 부富라면 누군가가 지탱해줄 거야. 하지만 지금처럼 방대한 질량이 계속 증식하기 위해서는 커다란 희생이 필요해. 그 희생에는 눈을 감고 증식하는 자에게만 주목하면서 인간들은 그걸 '성장'이라고 부르더군. 욕망은 성장을 먹으며 더욱 살찌고 비대해지지. 그런 야만적인 행동이 얼마나 위험한지 알아차린 위인들도 분명히 있었어. 부 또한 시간과 함께 썩어가지 않으면 자연과 절충이 되지 않는다고 말이야. 하지만 '많이 가진 자들'은 그 목소리를 외면하고 묵살해왔지. 당연해. 그들에게 증식하는 힘은 한층 더 거대한 힘을 약속해주는 황금률이니까."

노파의 오른손이 무언가를 잡으려는 것처럼 연약하게 허공을 방황했다.

놀라울 정도로 뼈마디가 불거진 야윈 손이었다.

"인간들은 지금 무엇을 하고 있지? 성장? 어리석은 짓이야. 많이 가진 자와 조금 가진 자가 함께 성장한다는 건 어리석기 짝이 없는 환상에 불과해. 전자가 풍요로워지면 후자는 가난해져. 부라는 건 절대적인 게 아니라 상대적인 거니까. 누구나 모르는 척하지만 사실은 다 알고 있어. 그렇기 때문에 남을 속이고 상처 입히고 약탈하며, 얼마 되지 않는 승자의 울타리에 매달리려고 기를 쓰는 거야. 도대체 인간은 무엇을 하고 있지? 한 줌밖에 되지 않는 거대한 승자 밑에 무수한 빈자貧者들의 시체가 켜켜이 쌓여 있는 세계에서, 무시무시한 만행의 이름을 '자유'라고 칭송하고 있어. 인간들이 내

건 깃발을 봐. '자기自己'라고 쓰여 있잖아?"

회색 노파가 공허한 눈으로 나나미를 보았다. 모든 걸 덮어버릴 듯 거대한 무언가가 작은 두 눈 너머에 있었다. 모든 것을 빨아들이고 집어삼킬 듯한 깊은 어둠이 퍼져 나갔다.

나나미의 이마에 몇 개의 땀방울이 맺혔다.

눈앞에 있는 너무나도 장대한 이야기에 대답할 말이 있을 리 없었다. 이렇게 거대한 것이 앞을 가로막고 있을 줄은 상상도 못 했다. 린타로의 옆얼굴이 희미하게 머릿속을 가로질렀다. 린타로가 망설이면서도 말끝을 흐리며 끝내 하지 않았던 것은 이런 말을 떠올렸기 때문이 아닐까.

"넌 아직 어린아이다!"

노파의 갈라진 목소리가 위압감이 넘치는 굵은 목소리로 바뀌었다.

나나미가 고개를 들고 쳐다보니 웅크리고 있던 작은 노파가 당당한 체격의 장군으로 바뀌어 있었다.

"내 말을 이해하긴 어렵겠지. 넌 모르는 게 너무 많다."

"하지만 당신은 말해주기 위해 왔어. 아무것도 모르는 나한테 말해주러……."

흐트러진 숨을 가까스로 가다듬으면서 대답하는 나나미 앞에서 장군의 윤곽이 흐려지더니 이번에는 청년 재상으로 바뀌었다.

"흥미를 느꼈으니까. 넌 분명히 책의 도움을 받아 그 불길 속에서 빠져나왔어. 그 힘이 있으면, 어쩌면 무언가를 바꿀 수 있지 않을까 해서."

질문을 하는 듯한 청년 재상의 목소리에 간절함이 배어 있었다.

"너도 언젠가 욕망의 소용돌이를 보게 될 거야. 그때 아직 네 손에 책이 있을까? 아니면 자유와 자기를 찾아서 더 많이, 더 많이 원하고 있을까?"

"만약 그렇게 되었다면……."

얼어붙은 듯한 냉기 속에서 나나미는 주먹을 꼭 쥐고 어둠을 뿌리치며 선언하듯 말했다.

"그때는 돌아와 줘."

짧은 말이 한순간에 캄캄한 어둠 속으로 빨려 들어갔다.

재상의 모습이 희미해지면서 장군으로 보이거나 왕으로 보이거나, 때로는 젊은 여성이나 작은 소년 같은 모습으로 이리저리 흔들렸다.

그 종잡을 수 없는 상대를 향해 나나미는 온몸의 힘을 담아 말했다.

"만약 내가 변하면 내 앞으로 돌아와서 야단쳐 줘. 정신 차리라고, 확실히 말해줘."

말도 안 되는 소리라는 건 나나미 자신도 알고 있었다. 하지만 그것 말고는 할 말이 없었다. 전하고 싶은 마음을 어떻게든 전하기 위해 나나미는 목소리를 높였다.

"난 미래 같은 건 몰라. 지금까지 많은 걸 봐온 당신에 비하면 모르는 게 너무나 많아. 지금 당신이 하는 말을 절반도 이해할 수 없어. 그래서 '난 괜찮아, 절대 변하지 않아'라고 말할 순 없어. 그 대신 부탁할게. 내가 이상해지면 따끔하게 야단치러 와줘."

어둠은 미동조차 하지 않았다.

회색 그림자는 뒤쪽의 어둠에 반쯤 파묻혀 있어 모습도 분명하지 않았다. 하지만 그래도 누군가 바로 옆에서 조용히 귀 기울이고 있음을 나나미는 느꼈다.

시간이 얼마나 지났을까. 어느새 눈앞에 양복 차림의 회색 왕이 앉아 있었다. 뿐만 아니라 고요한 눈길로 나나미를 바라보았다.

왜일까?

나나미는 처음으로 회색 남자와 눈이 마주친 듯한 생각이 들었다. 기나긴 대화 끝에 겨우 회색 남자가 자신을 똑바로 바라보았다는 느낌이 든 것이다.

나나미는 목소리를 조금 높여서 말을 이었다.

"난 손에서 책을 놓지 않아. 하지만 만약 책을 놓는 일이 있다면 따끔하게 말해줘. 뭐 하는 거야, 넌 그 불타는 성에서 돌아온 굉장한 녀석이잖아, 하고. 큰 소리로 야단쳐 줘. '정신 차려!'라고."

아직 모르는 게 많은 나나미라도 한 가지 사실만은 확실히 알고 있다. 아무리 믿음이 강해도 눈 깜짝할 사이에 무너지는 게 있다는 것이다.

그토록 다정했던 아버지도 일에 쫓기는 사이에 스스로를 잃어버렸다. 항상 친절했던 학교 선생님의 꺼림칙한 눈을 본 적도 있고, 병원에 실려 가서 안심한 순간 어이없는 표정으로 쳐다보던 의사의 얼굴을 마주한 적도 있다. 모두 악의가 있는 것은 아니다. 아등바등 살아가는 사이에 조금씩 마음을 잃어버린 것뿐이다.

하지만 한번 잃어버렸다고 해서 그걸로 끝나는 게 아니다. 가까운 곳에 있는 누군가가 작은 목소리로 말해주면 되찾을 수 있다.

"가장 무서운 일은 마음을 잃어버리는 게 아니야. 잃어버렸다는 사실을 아무도 가르쳐주지 않는 것, 누군가를 발로 차서 밀어냈을 때, 그러면 안 된다고 가르쳐주는 친구가 없는 것. 즉, 외톨이가 되는 거야."

어쩌면 외톨이가 됐다는 것조차 모르는 사람들이 이 세계에는 너무 많을지도 모른다.

"하지만 난 괜찮아. 내게는 뭐든지 가르쳐줄 친구가 많으니까. 당신처럼 소중한 친구 말이야."

왕의 눈이 조금 더 벌어졌다.

작은 움직임이지만 눈동자에는 놀라움이 깃들어 있었다.

회색 남자가 표정다운 표정을 보인 건 처음이었다.

"못 들었다면 다시 한 번 말해줄게. 당신은 이제 내 소중한 친구야. 그러니 나도 당신한테 말할게. 정신 차리라고."

어둠은 곧바로 걷히지 않았다.

오히려 캄캄한 어둠 속에서 나나미와 왕은 계속 서로를 바라보았다. 왕의 얼굴은 무표정한 회색이었지만 숨 막히는 무거운 기척은 멀어졌다.

왕은 나나미로부터 시선을 돌려서 자신의 오른손을 보았다.

그러고는 동전을 들어 이번에는 살며시 책상 위에 놓았다. 탁 하는 가벼운 소리와 함께 사방으로 흩어지듯 어둠이 걷히고, 주변은 나나미의 눈에 익은 도서관으로 돌아왔다.

왕은 그대로 멈춘 것처럼 움직이지 않았다.

나나미도 입을 벌리지 않은 채 단지 동전을 바라보는 왕을 말없이 지켜보았다. 수천 년의 세월을 걸어온 위대한 자의 옆얼굴을 조용히 바라본 것이다.

'어떤 것에도 마음이 깃들거든.'

사요의 말이 나나미의 귀에서 되살아났다.

그렇다.

마음이 깃드는 건 책만이 아니다. 손에 닿는 '물건'만도 아니다. 말도, 때로는 추상적인 '개념'도, 사람의 생각이 계속 모이면 언젠가 마음을 가지고 움직이기 시작한다.

'뒤틀린 마음에 계속 닿은 자에겐 뒤틀린 마음이 깃드니까.'

그렇다. 린타로가 말한 대로다.

왕은 아득한 옛날부터 인간과 함께했고, 전 세계를 여행하며 모습을 바꾸고 형태를 바꾸며 시간의 흐름조차 뛰어넘었다. 그리고 어마어마한 욕망의 바다를 건너온 것이다.

"이상하군."

왕이 나지막하게 중얼거렸다.

나나미가 흠칫 놀란 것은 왕의 목소리에서 차가운 느낌이 사라졌기 때문이다. 뿐만 아니라 평면적인 목소리에 약간의 억양마저 생겼다.

"가끔 만나거든, 너 같은 사람을……. 무언가가 달라지는 건 아니야. 그런데 절망과는 다른 게 분명히 있어."

왕은 작게 숨을 내쉬고 나서 "나나미"라고 이름을 불렀다.

감정을 읽을 수는 없었다. 하지만 나나미도 왕을 똑바로 쳐다보았다.

"잊지 마라. 눈에 보이는 게 전부는 아니야. 중요한 건 항상 마음속에 있지."

왕은 깊고 낮은 목소리로 그렇게 말하고 천천히 일어났다. 그러고는 모자를 머리에 얹더니 주머니에서 작은 물건을 꺼내 책상 위에 놓았다.

"네가 잃어버린 거야."

나나미는 깜짝 놀랐다.

천식 흡입기였다. 나선형 계단에서 떨어뜨렸던, 나나미가 사용하던 흡입기였다.

나나미가 고개를 들자 작별의 말도 하지 않은 채, 회색 양복의 등이 멀어져 갔다.

    나나미는 아무 말도 하지 않고 책장과 책장 사이로 사라지는 왕의 뒷모습을 가만히 지켜보았다.

    발소리가 멀어지더니 이윽고 들리지 않았다.

    주변은 정적에 감싸였다.

    어느새 창밖은 온통 새하얀 눈으로 뒤덮여 있었다.

에필로그

사건의 끝

도서관에서 내려다보이는 운동장에는 눈사람이 몇 개 늘어서 있었다.

올겨울은 늦은 첫눈으로 시작되었지만, 그 이후 며칠간 머뭇거리듯 내리거나 그치거나 하던 눈은 더 이상 머뭇거리지 않기로 결심한 것처럼 대설이 되었다. 한밤중부터 갑자기 기세가 더해져 다음 날도 계속 내리더니 지금은 거리 전체가 새하얀 세계로 변했다.

차도는 제설차가 와서 겨우 길을 확보했지만 인도까지는 손길이 미치지 못했다. 높게 쌓인 눈산 옆을 부츠를 신은 여성이 한 손에 우산을 들고 불안한 걸음걸이로 걸어갔다. 집 앞을 장식한 크리스마스트리도 절반쯤 하얗게 파묻혀서 깜빡이는 일루미네이션의 불빛이 더욱 환상적으로 보였다.

책상 위에 『달과 6펜스』를 펼친 채 나나미는 책도 읽지 않고 눈 내리는 거리를 내려다보았다. 일기예보에 따르면 오후에는 그친다고 했지만, 그래도 최근에 보기 드문 대설이라고 한다. 일과처럼 창문으로 거리를 내다보던 나나미도 이런 경치는 처음이었다.

"무슨 책 읽고 있어?"

나나미의 생각을 가로막은 것은 독서 코너의 책상을 순서대로 닦으며 돌아다니는 노사서의 목소리였다. 나나미는 살짝 책을 들어서 표지를 보여주었다.

"『달과 6펜스』구나. 서머싯 몸의 명작이지. 좋은 선택이야."

"당연하죠. 하무라 사서님께서 권해주셨잖아요."

노사서는 가볍게 고개를 갸웃거렸지만 특별히 신경 쓰는 것 같지는 않았다.

"몸은 작가로서도 일류이지만 책을 보는 눈도 대단했지. 『세계의 10대 소설』이라는 에세이를 썼는데, 상당히 좋은 책을 열 권 거론했더군."

"처음 들었어요. 가르쳐주세요. 읽어보고 싶어요."

"이미 가르쳐줬어. 『폭풍의 언덕』도 그중 한 권이지."

말투는 퉁명스러웠지만 어딘지 모르게 즐거워하는 느낌이 배어 있었다.

"그걸 다 읽으면 또 접수처로 오렴. 단, 한가할 때 와주면 좋겠어."

그 말을 끝으로 노사서는 책상을 닦으면서 이동했다. 성격이 까탈스럽긴 해도 일은 대충하지 않고 정확하게 처리한다. 또한 책을 보는 눈도 서머싯 몸에 뒤지지 않는다. 도서관의 살아 있는 사전인 것이다.

오늘 도서관에는 의외로 사람들이 많다. 눈이 많이 쌓인 바람에 어디에도 갈 수 없는 동네 주민들이 왔는지도 모른다. 멀어져 가는 노사서의 뒷모습을 보는 사이에 교대하듯 넓은 공간 너머에서 친구의 모습이 나타났다.

"나나미, 늦어서 미안해."

이쓰카가 한 손을 들고 종종걸음으로 다가왔다.

트레이드마크인 활은 보이지 않았다. 두꺼운 코트를 단정하게 입고 숄더백을 메고 있었다.

"밖은 완전히 눈밭이야. 깜짝 놀랐어."

그렇게 말하는 이쓰카의 짧은 머리칼과 어깨에도 눈이 내려앉아 있었다.

나나미는 『달과 6펜스』에 책갈피를 끼우면서 말했다.

"정말 환상적이야. 이렇게까지 새하얘지면 혹시 책 속의 풍경이 아닐까 싶다니까."

"태평하게 말하지 마. 이래선 전철도 운행 안 할지 몰라."

"그럼 안 되지."

나나미가 책을 탁 덮으며 그렇게 말했다.

이쓰카가 옆 의자에 가방을 놓으면서 걱정스러운 눈길로 물었다.

"그런데 나나미, 이런 눈 속을 걸을 수 있겠어?"
"당연하지. 이 정도는 괜찮아."
"정말이야?"
"너도 가보고 싶잖아, 나쓰키 서점."
"그건 그렇지."
 잠깐 생각하고 나서 이쓰카는 다급하게 물었다.
"그런데 말하는 고양이는 만날 수 없지?"
"말도 안 돼. 고양이가 말을 할 리가 없잖아!"
"아! 나나미, 이 배신자!"
 악의 없는 농담을 가볍게 주고받으면서 나나미는 책상 위에 있는 문구류를 책과 함께 가방에 넣었다.
 오늘은 이쓰카와 둘이 나쓰키 서점에 갈 예정이다.

 크리스마스 파티.
 그런 낯선 단어가 린타로의 입에서 나온 것은 일주일 전의 일요일이었다.
 서점에서 이런저런 이야기를 하는 사이에 아무렇지도 않은 얼굴로 린타로가 말한 것이다. 연말에도 항상 혼자 책만 읽었던 나나미에게는 거의 인연이 없는 단어였다.
 린타로가 웃으면서 말했다.
"지금까지는 사요와 둘이 홍차와 케이크를 즐겼는데, 올해는 같이 보내는 게 어떨까 해서."

이 고풍스러운 고서점과 크리스마스라는 단어는 왠지 어울리지 않는다.

그런 나나미의 생각을 알아차린 것이리라. 먼지떨이로 책장의 먼지를 털던 사요가 돌아보면서 속삭이듯 말했다.

"크리스마스이브는 나와 린타로한테 특별한 날이거든."

비밀스러운 사요의 말투에 나나미는 이유도 모른 채 얼굴을 붉혔다.

린타로가 황급히 말했다.

"사요, 중학생한테 이상한 말 하지 마."

"이상하긴 뭐가 이상해? 그날은 우리한테 특별한 날이잖아?"

"특별하긴 무슨……."

"특별해. 은둔형 외톨이 고등학생이 이 작은 서점을 지키기로 결심한 날이니까."

린타로는 반박하지 않고 입을 다물었다.

사요가 다시 나나미의 귓가에 속삭였다.

"그리고 내가 린타로와 함께하기로 결심한 날이기도 하고."

더욱 얼굴을 붉히는 나나미를 보고 린타로는 민망한 표정을 지었지만, 사요는 아랑곳하지 않고 상큼한 미소를 지었다. 이런 문제에 관해서는 사려 깊은 린타로도 사요의 손바닥 위에 있구나, 하고 나나미는 새로운 것을 발견한 기분이 들었다.

너를 지키려는 고양이

그런 이야기를 하다가 나나미가 두 사람에게 물었다. 친구 이쓰카를 데려와도 되냐고. 물론 두 사람이 안 된다고 할 리가 없었다. 집에 가서 아버지에게 의논했더니, 저녁때 차로 데리러 간다는 조건으로 허락해주었다.

이렇게 해서 새로운 모험의 계획이 정해진 것이다.

나나미는 지금까지 인생에서 가장 안절부절못하는 일주일을 보냈다. 그날 도서관에서 일어난 일에 관해서 정리된 것은 아직 아무것도 없었다. 린타로와 사요에게 묻고 싶은 게 산더미처럼 쌓여 있지만 어떻게 설명해야 좋을지조차 알 수 없었다. 생각만 해도 머릿속이 혼란스러운데, 이쓰카와 둘이 전철을 타고 크리스마스 파티에 가게 된 것이다.

시도 때도 없이 불쑥 생각날 때마다 머리를 감싸고 고민한 끝에, 나나미는 생각하는 것 자체를 멈췄다. 사요의 말처럼 시간이 가르쳐주는 것도 많이 있다. 이런 때 가장 중요한 일은 적당한 온도가 될 때까지 느긋하게 책장이라도 보면서 기다리는 것이리라.

"잠깐 갔다 오는 건데, 가방이 너무 크지 않아?"

이쓰카의 목소리를 듣고 나나미는 자신의 가방을 탁 두들겼다.

"책이 잔뜩 들어 있거든. 『솔라리스』(폴란드 작가 스타니스와프 렘의 SF 걸작-옮긴이)는 여기서 빌렸고, 나쓰키 서점에서 『베토벤의 생애』(프랑스 작가 로맹 롤랑의 소설-옮긴이)와 『산시로』(일본 작가 나쓰메 소세키의 장편소설-옮긴이)를 빌렸어."

"한꺼번에 세 권이나 읽어?"

"세 권이라고 해도 전혀 달라. 우주비행사 이야기랑 음악가 이야기랑 대학생 이야기니까. 참고로 지금 잠깐 책장에서 가져온 이 『달과 6펜스』는 화가 이야기야."

눈을 생생하게 빛내며 설명하는 나나미를 이쓰카는 어이없는 얼굴로 쳐다보았다.

"그럼 화가 이야기를 책장에 돌려놓고 출발하자."

"네~에."

경쾌하게 대답하고 나서 나나미는 일어섰다.

여러 책을 동시에 읽으면서도 부족해서 다른 책에 손을 내미는 것이 나나미의 골치 아픈 습관 중 하나였다. 읽고 싶은 책이 너무 많아서 눈에 띌 때마다 집어 드는 것이다.

나나미는 『달과 6펜스』를 '영국 문학' 선반에 돌려놓기 위해 이쓰카에게 짐을 봐달라고 부탁하고 안쪽 책장으로 걸어갔다. 조금 전에 빼 와서 어디에 다시 갖다 놔야 할지는 알고 있었다.

원래 있던 곳에 책을 돌려놓고 "됐다"라고 작게 중얼거린 나나미는, 이쓰카에게 돌아가려고 하다가 '프랑스 문학' 통로 앞에서 걸음을 멈췄다.

저도 모르게 긴 통로 안쪽으로 시선이 향했다.

그곳에 있는 것은 책장 사이의 평범한 통로였다. 푸른빛도 없고 끝없이 이어진 책장도 없으며 앞쪽은 다른 책장으로 막혀 있었다. 손을 내밀면 나란히 꽂힌 보들레르 전집에도 닿을 수 있고, 빼곡히 꽂혀 있는 책들 사이에 부자연스러운 빈틈이 있는 것도 아니다.

평온하고 평범한 일상적인 광경이다.

그날 회색 양복의 남자를 배웅한 이후, 큰 변화가 있었던 것은 아니다. 해결된 것은 아무것도 없고, 갑자기 시야가 넓어진 것도 아니다. 하지만 마음속에서 조금 달라진 점이 있었다. 더 많은 것을 알고 싶다고 생각하게 된 것이다.

자신은 아직 모르는 게 너무나 많다. 단지 앉아서 책을 펼치는 것만이 아니라 도서관 밖을 자신의 발로 돌아다니지 않으면 안 된다. 언젠가는 회색 남자가 했던 말의 절반 정도는 이해하고 싶었다. 그러기 위해서는 언제부턴가 틀어박혀 있던 좁은 세계에서 벗어나, 조금씩이라도 밖으로 나가야 한다는 걸 지금의 나나미는 확실하게 알고 있었다.

그런 생각을 하는 사이에 나나미의 시선은 무심코 막다른 곳에 있는 책장의 아래쪽으로 향했다.

어느새 그곳에는 고양이 한 마리가 앉아 있었다.

이등변삼각형의 귀와 비취색 눈을 가진 얼룩고양이다. 털은 아름답고 은색 수염은 우아해서, 가만히 앉아 있기만 해도 위엄이 느껴졌다.

나나미는 놀라지 않았다. 단지 책장에 손을 올린 채 잠시 고양이를 바라보았다.

이윽고 아무 일도 아닌 것처럼 가볍게 물었다.

"오늘은 어쩐 일이야?"

고양이는 가볍게 꼬리를 흔들면서 대답했다.

"그냥 평소의 순찰이야. 또 괘씸한 녀석들이 책을 가져가지 않나 해서."

귀에 익은 나지막한 목소리였다.

"지금은 괜찮은 것 같아."

"그런 것 같군."

고양이와 소녀는 조용히 시선을 나누었다.

그리고 마주 보면서 작게 웃었다.

"다시는 못 만나는 줄 알았어······."

태연함을 가장했지만 나나미의 목소리는 가늘게 떨렸다.

"용건이 끝나면 돌아오지 않는 발칙한 놈이라고, 린타로 오빠가 그랬거든."

고양이가 대꾸했다.

"용건이 있어. 고맙다는 인사를 하려고."

"인사?"

"넌 그 불길 속에서 나를 데리고 나왔어. 그것에 대해 아직 인사를 못 했잖아. 그 성에서 돌아올 수 있었던 건 네 덕분이야."

나나미는 대답할 수 없었다.

가슴속에서 치밀어 오르는 감정을 억누르는 것이 고작이었다.

이런 때는 피장파장이라든지, 나도 도움을 받았다든지, 여러 가지 표현이 있다는 걸 머리로는 알고 있었다. 하지만 나나미의 입에서는 엉뚱한 말이 흘러나왔다.

"내가 그때 얼마나 힘들었는지 알아? 아주 끔찍한 일을 당했어."

나나미가 억지로 웃으면서 말하자 고양이는 과장스럽게 고개를 끄덕였다.

"그렇겠지. 많이 힘들었을 거야. 하지만 넌 포기하지 않았어. 끝까지 포기하지 않고 죽을힘을 다해 달렸지. 무엇보다 희망을 잃지 않았어."

고양이의 따뜻한 목소리를 듣고 더는 웃는 얼굴을 유지하기 힘들었다.

정말로 도움을 받은 것은 나나미였다. 끝까지 포기하지 않았던 이유는, 포기하지 않아야 한다는 걸 가르쳐준 고양이 덕분이었다. 하지만 그런 생각은 말로 나오지 않았다. 입에 담으면 오히려 가벼운 말이 될 것 같았다.

차라리 달려가서 안고 싶었지만, 그러면 고양이는 곧바로 발길을 돌릴 것임을 알고 있었기에 나나미는 움직이지 않았다.

"또 만날 수 있냐고 묻진 않을게."

"좋은 마음가짐이야. 인간은 쓸데없는 말이 너무 많거든."

고양이는 그렇게 말하고 천천히 허리를 들었다. 고양이를 붙잡으려는 듯이 나나미가 황급히 말했다.

"만나서 다행이야."

고양이가 움직임을 멈추고 나나미를 보았다.

"몸조심해."

"이제 괜찮아. 그러니까……."

잠시 말을 끊고 나서 나나미가 조용히 덧붙였다.

"힘든 일이 생기면 또 언제든지 불러줘. 준비운동은 해둘 테니까."

고양이는 약간 놀란 것처럼 비취색 눈을 크게 떴지만, 곧바로 작게 미소 지었다.

그것을 끝으로 고양이는 바람처럼 훌쩍 도약해서 책장 뒤로 사라졌다. 그런 다음에는 항상 그 자리에 놓여 있는 평범한 책장이 나란히 있을 따름이었다.

작별의 말조차 나눌 틈이 없었다.

"나나미, 뭐 해? 무슨 일 있어?"

멀리서 이쓰카가 부르는 소리가 들렸다. 돌아오지 않는 나나미를 걱정하는 것이다.

금방 갈게, 하고 대답하고 나나미는 다시 통로 안쪽을 쳐다보았지만 고양이의 모습은 보이지 않았다. 아무도 없는 그곳을 향해 나나미는 다시 목소리에 힘을 주어 말했다.

"언제든지 불러줘. 꼭 갈게."

그 말을 끝으로 나나미는 가볍게 몸을 돌렸다.

책장 사이를 뚫고 돌아가자 이쓰카가 한 손에 가방을 들고 일어서는 것이 보였다.

그토록 주변을 하얗게 물들였던 눈은 어느새 그친 모양이었다. 구름 사이로 햇살이 쏟아져 도서관 안까지 밝아졌다. 창밖을 내다보니 눈으로 화장한 거리가 선명한 은색으로 빛나고 있었다.

눈부신 광경에 눈을 가늘게 뜨면서도 나나미는 걸음을 멈추지 않았다.

겨울의 맑은 햇빛이 나나미의 발밑을 다정하게 비춰주었다.

옮긴이의 말

잃어버린 나를 찾기 위한 여행
"책은 사람을 구할 수 있을까?"

고사키 나나미는 13세의 중학교 2학년생이다. 천식으로 인해 여기저기 돌아다닐 수 없어서, 학교 수업이 끝나면 혼자 도서관에서 책을 읽는 게 유일한 즐거움이다. 그런데 최근 들어 도서관에서 책이 없어지고 있다. 책을 좋아하는 나나미에게 책이 없어지는 일은 상당히 중대한 문제다.

어느 날, 나나미는 도서관에서 회색 양복을 입은 남자를 발견한다.
'저 녀석이다!'
그 남자가 도서관에 나타난 후에는 항상 책이 없어진 것이다. 남자의 뒤를 따라가던 나나미가 숨을 헐떡이며 가슴 안쪽에서 이질감을 느낀 순간, 뒤쪽에서 나지막한 목소리가 들린다.
"그만둬. 가까이 가지 않는 게 좋아."

뒤를 돌아보자 그곳에는 아름다운 비취색 눈을 가진 고양이가 있을 따름이었다.

저자인 나쓰카와 소스케夏川草介는 작가임과 동시에 의사이기도 하다. 현재 나가노현에서 의사로 일하고 있는 그는 수련의 시절에 쓴 『신의 카르테』로 2009년 제10회 쇼각칸문고 소설상을 수상하며 데뷔했는데, 이 시리즈는 현재 일본에서만 340만 부가 넘게 팔린 엄청난 베스트셀러가 되었다.

그 이후에 쓴 첫 판타지 작품이 『책을 지키려는 고양이』고, 7년 만에 내놓은 속편이 『너를 지키려는 고양이』다. 이 책이 7년 만에 나온 것은 오직 코로나19 때문이라고 한다. 그동안 의사로서 너무 바쁜 나머지, 글을 쓸 시간이 없었던 것이다.

『책을 지키려는 고양이』는 세계 40여 개국에서 번역되었으며 우리나라에서도 많은 이들의 사랑을 받았는데, 속편인 『너를 지키려는 고양이』는 3부작의 두 번째 작품이라고 한다. 즉, 일명 '책고양이' 시리즈가 한 권 더 나온다는 뜻이다.

일본 작가 중에는 필명을 쓰는 사람이 많은데, 나쓰카와 소스케도 역시 필명이다. 나쓰메 소세키에서 나쓰夏를, 가와바타 야스나리에서 가와川를, 나쓰메 소세키의 『풀베개草枕』란 작품에서 소草를, 아쿠타가와 류노스케에서 스케介를 따왔다고 한다.

나쓰메 소세키는 일본 최초의 근대문학가이자 근현대 일본 문학의 아버지로 존경받는 사람이다. 1905년에 『나는 고양이로소이다』를 발표한 이후 수많은 작품을 발표했는데, 재치 있고 세련된 문장으로 지금도 많은 사랑을 받고 있다. 영문학을 전공한 그는 1900년 국비유학생으로 영국에서 2년간 유학한 적이 있는데, 당시 "무엇을 위해 책을 읽어야 하는지 그 의미를 알 수 없다. 애당초 인간에게 문학이란 무엇인가"라는 의문에 사로잡혀 머리를 싸매고 고민했다고 한다.

따라서 나쓰메 소세키의 열렬한 팬인 나쓰카와 소스케가 '책'의 존재 자체에 의문을 가지고 책을 왜 읽어야 하는지, 어떤 책을 읽어야 하는지 고민하게 된 것은 당연한 일이라고 할 수 있다.

'책고양이' 시리즈의 밑바닥에 흐르는 것은 '사람은 왜 책을 읽어야 하는가'이다. 나쓰카와 소스케는 이 시리즈를 쓴 이유에 대해 이렇게 말한다.

"요즘 젊은 사람들은 책을 너무 안 읽어요. 그래서는 안 된다, 젊은 사람들이 책을 읽으면 좋겠다, 그런 마음으로 쓴 책입니다. 지금은 다양한 생각이 있고 모든 사람의 생각이 존중받는 사회이지만, 의견이 많을수록 사람은 충돌할 수밖에 없지요. 그때 필요한 건 상대의 마음을 상상하는 힘, 다른 사람을 배려하는 마음인데, 소설을 읽으면 상상력을 키울 수 있습니다. 젊은 사람들이 책을 읽고 다정함이 무엇인지, 산다는 것이 무엇인지 생각하면 좋겠어요."

『책을 지키려는 고양이』에 이어서 『너를 지키려는 고양이』에도 미궁의 세계로 안내해주는 고양이가 등장한다. 그리고 이번 작품의 무대는 도서관이다. 조금은 새침하고 무뚝뚝하지만 이지적이며 사람을 꿰뚫어보는 능력을 가지고 있는 고양이와 도서관은 너무도 잘 어울리지 않는가.

한 페이지마다 때로는 미소가, 때로는 눈물이, 때로는 먹먹함이 빼곡히 박혀 있는 이번 작품의 매력은 다음의 네 가지다.

첫째, 책, 소녀, 고양이.

이 세 가지는 단어만 들어도 저절로 미소가 배어 나오지 않는가.

둘째, 어른을 위한 판타지.

책장을 여는 순간부터 닫는 순간까지, 머릿속에 아름다운 판타지 세상이 펼쳐진다.

셋째, 『책을 지키려는 고양이』에 이은, 고전에 대한 오마주.

이번에는 전편보다 더 많은 명작이 등장한다. 그중에서 당신이 읽은 책은 무엇이고, 읽고 싶은 책은 무엇인가?

넷째, 마음을 먹먹하게 만드는 메시지.

"말은 망원경 같은 거야. 보고 싶은 건 잘 보이지만 그것 말고는 오히려 잘 안 보이거든."(얼룩고양이)

"상상력이란 다른 사람의 처지를 생각하는 힘이야. 자신과 다른 처지에 있는 사람의 상황을 상상해서 약자를 돌보고 때로는 손을 내미는 마음, 그게 바로 상상력이지."(회색 재상)

"가장 무서운 일은 마음을 잃어버리는 게 아니야. 잃어버렸다는 사실을 아무도 가르쳐주지 않는 것, 누군가를 발로 차서 밀어냈을 때, 그러면 안 된다고 가르쳐주는 친구가 없는 것. 즉, 외톨이가 되는 거야."(나나미)

최근에는 점점 책 읽는 사람이 줄어들고 있다. 지하철에서도 예전처럼 책 읽는 사람을 찾아볼 수 없다. 즉, 책을 친구로 삼는 사람이 줄어들고 있는 것이다.

힘들 때 손을 내밀어준 책, 슬플 때 같이 공감해준 책, 기쁠 때 행복을 증폭시켜준 책. 만약 이 세상에 그런 책들이 없다면 사람들은 어디서 위로를 얻고 상상력을 키울 수 있을까.

어린 시절에 어떤 책을 통해 기쁨과 즐거움을 얻었는지, 힘들고 괴로울 때 어떤 책을 통해 힘과 용기를 내게 됐는지, 약하고 어려운 사람을 볼 때 어떤 책을 통해 그들을 위로하고 격려하게 됐는지……. 이 책의 책장을 넘기는 순간, 아마 당신도 그런 기억을 떠올리지 않을까.

2025년 11월
이선희

너를 지키려는
고양이

1판 1쇄 인쇄 2025년 11월 17일
1판 1쇄 발행 2025년 11월 26일

지은이 나쓰카와 소스케
옮긴이 이선희
펴낸이 김영곤
펴낸곳 (주)북이십일 아르테

책임편집 원보람 **문학팀장** 김지연
교정교열 추지영 **일러스트** NOMA **디자인** 이찬형
해외기획팀 최연순 소은선 홍희정
영업팀 정지은 한충희 남정한 장철용 강경남 황성진 김도연 이민재
제작팀 이영민 권경민

출판등록 2000년 5월 6일 제406-2003-061호
주소 (우 10881) 경기도 파주시 회동길 201(문발동)
대표전화 031-955-2100 **팩스** 031-955-2151

ISBN 979-11-7357-632-4 03830

책값은 뒤표지에 있습니다.
이 책 내용의 일부 또는 전부를 재사용하려면 반드시 (주)북이십일의 동의를 얻어야 합니다.
잘못 만들어진 책은 구입하신 서점에서 교환해드립니다.